スローモーション考

残像に秘められた文化

阿部公彦

南雲堂

スローモーション考　残像に秘められた文化　目次

はじめに――文化の中の「ゆっくり」　1
「ゆっくりやってください」のタイミング　9
現代はほんとうにスピードの時代なのか　11
いかに「ゆっくり」を語るか　14
I　美しい「ゆっくり」の世界　17
1――スポーツ語りとスローモーションの文法　19
スローモーションの起源　19
一八八〇年代のスローモーション　24
「決定的瞬間」の意味論　「江夏の21球」　28
小説的時間の作り方　絲山秋子　37

2　絵画とマンガの「遅さ」　49
騙されちゃった、の感覚　49
絵画は動く　パトリック・ヘロンの円盤　53
残像の魔力　62
マンガは映画ではない　69
マンガ的視線の法則　83

3　ダンサーがゆっくり踊る理由　93
いかに舞踏を語るか　93
熱狂を探す　『談』編集長のブログ　97
病んだ身体の表現力　土方巽の短い方の足　105
これは「ゆっくり」ではない　ダンス白州の正朔と竹内登志子　108
スピードを殺す　勅使川原三郎のガラス　111
ヒステリーからメランコリーへ　113
あらゆる存在は鈍重だ　116

II　スローモーション症候群　119

4　詩になるための資格　121
エズラ・パウンドのゆっくりな植物　124
「顔」がすること、「手」がしないこと　朔太郎の「蛙の死」　129
イエイツの「再臨」　135

5　哀歌のしようとすること　145
哀歌の「思うように思う」技術　145
ミルトンの『リシダス』はどうゆっくりなのか？　150
『リシダス』の欠陥と修復　155

6　ワーズワスを「ゆっくり」で読む　165
主語の謎　167

知覚には時間がかかる　173
異界への入り口　181

7　ワーズワスを「ゆっくり」で読む、を読む　187

読者のつくられ方　スタンリー・フィッシュのスローモーション　187
分析者とメランコリー　192
詩は墓碑銘　シェリー「オジマンディアス」のメッセージ　196

8　いかに木を語るか　203

永遠の木のスピード　テニスンとワーズワスのイチイ　206
木はすでに失われている　ホイットマンの樫　215
スティーヴンズのなぞなぞの答え　220

9　詩の利益率　225

一粒で二度おいしい、のイデオロギー　ウォルター・ペイターと瞬間　226

感情は浪費する　232
あなたは時間になる　シェイクスピアのソネット一番　235
関係詞と接続詞で仕掛ける　シェイクスピア・ソネット七十三番とダン「死よ驕るな」　245

おわりに　スローモーションの思想　261
ヨガの「ゆっくり」はなぜ？　261
幸福の装置　266
スローモーションとの付き合い方　270

註と参考文献　277
図版一覧　287
あとがき　289
索引　296

スローモーション考　残像に秘められた文化

はじめに　文化の中の「ゆっくり」

「ゆっくりやってください」のタイミング

日常生活の中で「ゆっくりやってください」と言われるのは、たいがい何かがうまくいっていないとき、どこかがおかしくなったとき、である。腰が痛いからゆっくり歩くとか、車の運転を習いたてでカーブをうまく曲がれないからゆっくり走行するとか、あるいは何言ってるのかわからないからどうぞもう一度ゆっくり説明してくれ、といった具合である。ただその一方で、試合終了後のウイニングランのような「ゆっくり」もある。一日の疲れをゆっくりお風呂で癒すなども言う。後者のふたつの例は本来の緊張を欠いた、本気でない状態としての「ゆっくり」のことである。ハンドルを切るときの緊張感に満ちた慎重な「ゆっくり」とはだいぶ違うように見える。

果たして、これらすべてに共通するような「ゆっくり」のエッセンスのようなものはあるのだろうか。おそらくそれは、ある種の自然状態からちょっと離れているという感覚ではないだろうか。つまり「ゆっくり」とは正常で、健康で、円滑な状態に至る前の準備であったり、あるいはそこからの離脱とされるようなもので、それは本来ありうべき姿から見るとマイナスがつくような、余白として勘定されたり、大目に見られたりする状態なのだと言える。

このマイナス符合のついた「ゆっくり」という存在のあり方に焦点をあてようとするのがこの本のねらいである。とくにスローモーションという表現の方法を切り口にし、マンガ、絵画、ダンス、野球、小説、詩といった諸ジャンルにおいて、どのように「ゆっくり」が扱われているかを具体例を見ながら検証していく。その過程で重要なキーワードとして浮かび上がってくるのが、「残像」という概念である。スローモーションを、ひいては「ゆっくり」という存在のあり方を理解する上では、スローモーションを成り立たせるのに欠くことのできない残像の働きをよく観察することが大事なのである。

我々はものを感じたり、考えたり、意味を読み取ったりするときに、すべてを現在形で体験しているわけではない。むしろ過去の置き土産としての残像との接触を介して世界を体験し、それでもなお、それが現在形であるかのように錯覚しているにすぎない。[1] 我々にとっての世界とは、常にひとつ前の世界であり、しかし、それを今現在のものであるかのように体験することで「実感」なるものが得られる。

ここがおもしろいところである。おもしろいというのは、まさにそこからマンガにせよ、映画にせよ、あるいは文学にせよ、さまざまなメディアが我々の世界と肉薄する余地が生ずるからである。メディアが我々の住む「現実世界」に似ているわけではなく、「現実世界」こそがメディアに似ている――我々が残像を介して世界と接している以上、このことはもはや比喩や洒落た思いつきという次元を越えた事実なのである。とするなら、対象の残像化を伴うスローモーションという装置には、意味や体験が生み出されていく上での秘密がいろいろと隠されているのではないか。このことについて考えたいというのが本書執筆の中心的な動機である。

この「はじめに」ではこの後、「ゆっくり」の歴史的な背景について概観した上で、本書の構成を説明する。何しろ序文なので、ちょっと威勢の良い言い方になってしまうかもしれない。「ゆっくり」の問題について、もっとゆっくりで、くつろいだ入り口を希望される方は「おわりに」から読んでいただければ幸いである。

現代はほんとうにスピードの時代なのか

そもそも現代はスピードの時代だと言われる。技術革新が目標とするのは、移動を素早く行うこと、作業を効率化すること、モノをより短い時間のうちにつくりあげることである。おかげで炊事洗濯からビルやダムの建設まで、あらゆる労働にかかる時間は短縮され、通信は限りなくリアルタイムに近づき、スポーツカー、航空機、ロケットなどスピード感あふれる乗り物が、憧れの視線を引きつけるようにもなった。

こうした状況は人々の感受性にも影響を与える。早くは一九二〇年代前後のモダニズム期、マリネッティの未来派を筆頭に速度への感受性をストレートに芸術表現に結びつけようとする傾向が見られたし、その後も抽象表現派のアクションペインティングや、ジャズからハードロック、ヘヴィメタル、ラップといった音楽の「高速化」、ビート派に代表される饒舌で軽快な文体などが時代の潮流となった。激しさや速さを競うスポーツ競技が注目を浴び、巨大な金の動く華やかな舞台を生み出したのもこの時代である。

しかし速度の時代は必ずしも、すべてが「速さ」へと向かったことを意味したわけではない。速度への注目は、同時に速度へのたじろぎ、違和感、批判、恐怖をも含んだ多義的なものでもあった。スピードの快楽に興奮する文化が隆盛を迎える一方、「ゆっくり」をあらためて肯定的にとらえようとする思潮も芽生えてきた。

世紀転換期のヨーロッパは、神智主義をはじめとする神秘主義的なものの流行でも知られる。精神世界の復権や死への関心には、速度主義に代表されるような生の謳歌に疑問符をつきつけ、相対化する役割があっただろう。世紀末の耽美主義を引き継いだアールヌーボーにも、直線的なスピードの論理をやりすごすような遊び心に満ちた曲線との戯れが見られるし、キュービズム後の抽象画の画面が遠近法の奥行きを排して二次元平面に回帰したのも、スピード化に伴う空間拡大の気運に乗ってしまうことへの抗いと読める。二十世紀とは、一方で芸術や芸能が急速に市場と接近し巨大な富と結びつくようになった時代であるとともに、そうした文化の産物が一種高踏的な振る舞いを示し、商業的な論理にノーを突きつけるようなジェスチャを示した時代でもあった。

日本でも六十年代の高度経済成長期への反動として、七十年代から八十年代にかけて「白け世代」「モーレツからビューティフルへ」「おいしい生活」といった用語やキャッチフレーズがスローダウンの美学を反映したのは記憶に新しい。現在に至るまで、「スロー」を唱え、環境に配慮し、働き過ぎや能率主義を諌めることが、一種のクリーシェと呼べるほどの態度を文化の一角に形成してきた。イタリア発の「スローフード」が八十年代以来徐々に日本でも浸透してきたことにも表れているように、「ゆっくり」の文化をめぐる欧米との時差はほとんど消失したのである。

いかに「ゆっくり」を語るか

この本のテーマは「ゆっくり」であるが、そのねらいは「ゆっくり」を価値として持ち上げたり、美しさとして褒め称えることにあるのではなく、むしろそれを批判的に捉えることにある。「ゆっくり」は速度の文化へのアンチテーゼであり、常にある種の否定性を担った抵抗勢力として機能してきた。そのせいか、それ自体あまり解剖の俎上に乗せられることはなかったように思う。速度と同じように「ゆっくり」もまた文化であるなら、それをあらためて反省的に検分することは可能であろうし、必要なことでもある。

速度批判は容易である。速度への不信はイデオロギーとしてわかりやすく、政治的な態度としても識別しやすい。これに対し、「ゆっくり」は地味で目立たないだけに、かえってあらかじめ是認された価値としてとらえられやすい。「ゆっくり」をきちんと批判するのは意外と難しいのである。そこで本書では、価値判断の入りやすい「ゆっくり」を表題に立てずに、「スローモーション」という映像用語を表看板に掲げることで、なるべく分析的なアプローチをとることを目指したい。筆者の希望としては、「ゆっくり」についていずれ広範な文化領域をカヴァーするような議論を展開し、さらには速度やそれに関わるさまざまな感覚――たとえば眩暈、興奮、幸福感、意気消沈、退屈――などを盛り込んだ文化の見取り図を描きたいと思っているのだが、すでに述べたように、まずは「ゆっくり」という感覚をメディアのレベルで可視化したと言えるスローモーションという表現の形に注目し、それが映像、絵画、マンガ、舞台芸術といった表象文化において陰に陽に果たしてきた役割を確認する。もちろん本文中には「スローモーション」と「ゆっくり」というふたつの用語を区別せずにあえてだぶらせて使った箇所も多くあるが、どちらかというと「スローモーション」は残像という概念を持ち出すための切り口であり、「ゆっくり」が議論の終着点だと理解していただければと思う。

こうしてスローモーションや残像という映像用語を使いながらも、筆者の頭にはつねに文学、とくに詩の世界における「ゆっくり」の問題があった。いったい詩はいかにして詩となるのか？　そもそも「詩的」とはどういうことか？　といった問いは狭い文学の世界を越えた射程を持つもので、実は「ゆっくり」の問題とも深く結びついている。そういうわけで、第一部が比較的広く浅く表象と「ゆっくり」との関係をとらえようとしているのに対し、第二部では一種の定点観測として詩、とくに英詩にターゲットを絞り、厳密に、また執拗に「ゆっくり」の問題を掘り下げてみたいと思っている。

スローモーションという技術がそもそも凝視への欲望から出発していたことにも表れているように、「ゆっくり」の文化の根底には、分解し、微分化し、よりよく見ようとする志向がある。第九章でも説明するが、こうした志向は近代の効率主義とも不思議な形でリンクする。大きいものと小さいもの、たくさんと少し、豊かさと貧しさといった対立をめぐる人間の努力や葛藤は、近代資本主義の根幹をなす思考の枠組みを顕在化させる。本書後半における英詩の分析は、哀歌（エレジー）というジャンルについての考察からはじまり、主語や動詞、関係代名詞の働きといったたいへん微細な分析におよぶが、それが究極の地点で、より大きな問題に回帰することを確認していただければ幸いである。

そもそも詩は細かさや小ささ、微妙さなどを陰翳豊かに描き出すのにもっとも適した領域である。また詩のテクストだけではなく、詩を語るという行為もまた、必然的に詩のテクストが持っているこうした微細さへの感受性を引き継いでいる。考えてみると現代文学批評の原点となったのは、二十世紀初頭の「いかに詩を精密に語るか」をめぐる試行錯誤でもあったわけだから、詩のテクストを支配する「ゆっくり」が、詩を語るという行為に限らず、テクストを話題にするあらゆる批評的行為に通底する原理となったとしてもそれほど驚くべきことではないだろう。英詩をめぐる議論はときとしてたいへん狭く、またフェティッシュなものとなりがちだが、本書ではそうした英詩的視線を敢えて保つことで、「ゆっくり」と残像をめぐる議論を大きな問題へと連れ戻そうともくろむものである。

I

美しい「ゆっくり」の世界

1 スポーツ語りとスローモーションの文法

スローモーションの起源

よりよく見たい、とは人類の永遠の夢である。対象に近づく、明かりをつける、レンズをかざす、構造を調べる、関係を想像する——よりよく見るための方法は時代によっても変わってきた。そしてそれぞれの方法はその背後に、何らかのオブセッションを抱えている。大西洋を船で渡ったり、ロケットを月まで送ったりしようとする衝動は、遠さへの畏怖と裏腹だろう。すべてを明かりで照らし出そうとする衝動は、闇に対する恐れと切り離すことができない。全能者の意思に対する信仰が深ければ、事物の隠れた仕組みを見てやろう、からくりを暴いてやろう、と考える。

スローモーションという方法もまた、見ることに関わるオブセッションの表出である。そこにあるのは運動に対する限りない憧憬である。運動は美しい。空間を水平面に裁断する勅使川原三郎の腕の幾何学的な動き、ピッチャー前のバントを処理する桑田真澄のダッシュ、カーブしながら四谷の駅に昇ってくる丸の内線、中華鍋を強烈に焼く炎、水族館の硝子の向こうに泳ぐナマズ、動いているものは、動いているというだけできらびやかなのだ。魅惑的で、謎に満ちており、とらえどころがない。だから、我々はそれを是非、とらえてみたい。徹底的に凝視したい。そうすることで、もっと、もっと、それを体験したいのである。

もちろんスポーツやダンスなら自分で実際にやってみることもできる。そうでなくとも、車両運行情報にやたらと詳しくなるとか、川沿いでふと立ち止まり釣り人を冷やかすといった風に、間接的に運動と関わることはいくらも可能である。しかし、運動というものがいつも我々の中にかき立てるのは、究極的には「もっと見たい」、「もう一度、より詳しく見たい」という衝動である。運動との関わり合いには、凝視と再現の欲望がつきものである。

遠さの征服には移動の手段が必要となった。拡大のためにはレンズが、照明のためには火がいる。これに対し運動をとらえ、運動をよりよく見るためにはより複雑な技術が必要である。速度とともに生起する運動をその速度を殺さずに把握する、それを可能にしたのが、いわば時間軸に沿った拡大鏡とでもいうべきスローモーションである。運動を、実際にそうであるよりもゆっくり見せること。

スローモーションの創成期と呼べるのは一八八〇年代であろう。写真術が発達し、しかしまだ映画の生まれる前の時代。この時期、クロノフォトグラフィと呼ばれる連続写真の技術が研究されるようになった。たとえばエドワード・マイブリッジ（一八三〇–一九一〇）。馬の駆けていく様子を連続写真でとらえた彼の作品「ギャロップする馬」（一八七八）は、映画史における重要事件とされる。もともとこの撮影実験が、疾走する馬の脚が果たして地面に着いているか離れているか、その当否をめぐる賭から始まったのだとまことしやかに語り継がれてきたことからもわかるように、当事者の関心の中心は映像的再現よりも運動の解剖にあった。そうした関心をより禁欲的に追求したのがエティエンヌ＝ジュール・マレーである。マレーの連続写真（図1・2）の背後にある思想は彼の書物中の次のような一節によく表れている。

図1

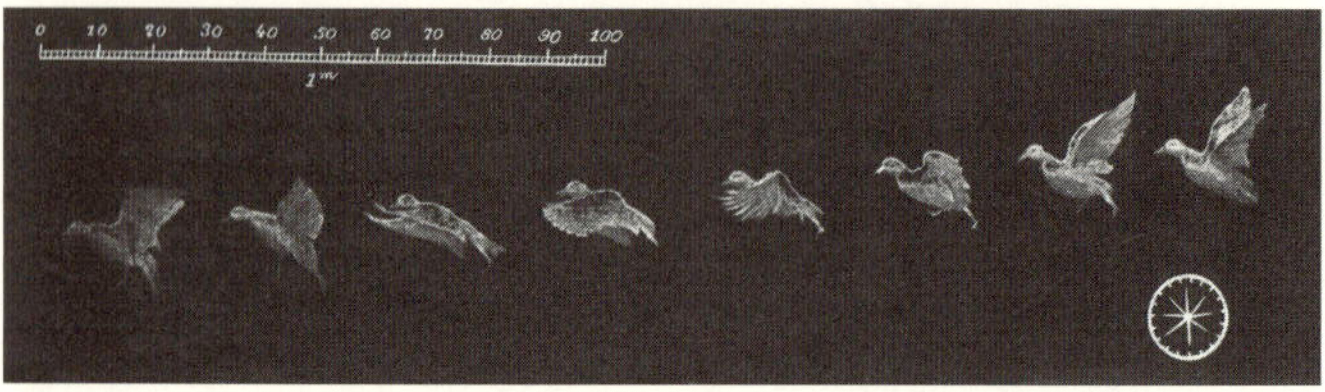

図 2

　ある対象が移動したとき、その位置の変化、すなわちそれが連続的に占めた空間内の地点を表記することがしばしば必要になる。そのとき、まず前提とされるのは、われわれがその対象の移動の全過程を、目で追うことが出来、さらにそれを記憶に忠実にとどめられるということである。しかしそれはほとんど不可能であり、そこで絵が登場して、紙の上に対象の通過した軌跡の投影を描きあげるのである。描かれる図形は、それが点のみの運動であるかどうか、あるいは線、面、立体の運動であるか、すなわち、運動が空間のひとつの次元で生じるか、それとも複数の次元で生じるかによって、それぞれに応じた形をとるはずである。

（『運動』一九）

マレーの『運動』は運動の忠実な記録としてのこうした図表を満載している。その多くは今日の読者にとってはまったく退屈なデータとしか見えないものである。運動そのものの運動らしさをおよそ伝えることのない、死んだ痕跡にすぎないような情報の集積なのである。が、今日なお我々を魅了する、マレーによるスローモーションの画像――二十世紀の未来派画家に強い影響を与えたともされる一連の美しい連続写真——を支えたのが運動に対するマレーのほとんど闇雲といえるような執着、とにかくよりよく見たい、知りたいという衝動であったことも疑いない。松浦寿輝はマレーを論じた『表象と倒錯』の中で言う。「この実験生理学者の関心は、つまるところ、運動を分解したうえでその連続的な変移を数量化し図表化し描写し記述することにあり、そしてただそのことだけにあり、彼はそこから何事か抽象的な結論を引き出そうとするわけでもなく、またその当の動物の生の在り様における運動=移動《ロコモシオン》以外の側面へ向かって視野を広げていこうという意志も稀薄であった」(一〇)。だからこそマレーのとらえた運動が、我々の知る運動と意外と似ていないという事態も生じうる。なぜなら「ここで進行したのはいわば、正確さの過剰が透明さに亀裂を入れたとでもいった事態」だからだ。「透明さの潜在的な定義の一つあるいはその実践的な変異態の一つにすぎなかったはずの正確さの概念が、異常に肥大してしまった挙げ句、ついに透明さを凌駕し、果てはそれを混濁させてしまうに至ったのだ。(中略)こうして彼のつくり出した映像は、正確ではあるが不自然なものとなる」(八二-三)。スローモーションはその創生期においてすでに、このような逆説をはらんでいた。モーションに向けた憧れの結実であるはずのスローモーションが、逆にモーションそのものとずれてしまう。しかし、この乖離の感覚こそが、スローモーションの持つ不思議な可能性ともつながってくる。運動への憧憬に根ざしていながら、運動を相対化し、場合によっては否定さえするものとしてのスローモーション。それは果たして、運動ならざる何かの誕生につながっているのだろうか。

一八八〇年代のスローモーション

スローモーションとは何か。このことを考えるために、今少し一八八〇年代という時期にこだわってみよう。

マイブリッジやマレーの実験の大きな特徴は、運動をよりよく見るにあたって、運動を細かい瞬間の連続として再構成したという点にあった。マイブリッジのクロノフォトグラフィの雑誌掲載（一八七九年）からコダック小型カメラの発売（一八八九年）へと至る時期、動きを瞬間化するための技術は急速に普及したが、それは同時に、瞬間に対する新しい解釈を生み出すことにもつながっている。このあたりの事情について港千尋『映像論』では、写真というメディアに魅せられた幾人かの芸術家の例をとりあげてたどっているので参考にしてみたい（九七-一一二）。

たとえば劇作家のアウグスト・ストリンドベリは瞬間を記録する装置としての写真を、内省のためのメディアととらえてもいた。

机に向かった自身の姿を正面からとらえたセルフ・ポートレートでは、カメラの位置を変えることによって、同じ書斎にいながら、あたかも自身の精神状態に変化が起きているような雰囲気の違いを表現している。レンズによって自分の内から引き出される性格や傾向をとらえることに興味を抱いていたことが窺える。このレンズの客観性に対する信頼を見ると、劇作家として追求した自然主義が、一八八〇年代にイギリスの写真家ピーター・H・エマソンらによって提唱された、写真上の自然主義と出会ったかのような印象を受ける。（九九）

しかし、ストリンドベリの「レンズの客観性」に対する信頼は、さらに進んでオカルト的な領域にまで進むことになる。セレストグラフィーと呼ばれる装置ではレンズも写真機も取り去られ、現象液につけた感光板がそのまま使われている。これを夜中に庭に出しておき、記録される影を星の光の痕跡と考えるのである。なぜこのような極端な装置を用いたのか？「ストリンドベリは星から来る微弱な光量がレンズによって失われていると考え、レンズを除去することによって一気に天体写真の問題を解決したと信じていたようだ。見えないものの光が直接刻まれるという考えから、いわゆる『念写』までは、ほんのひと跨ぎの距離である」（港 一〇二）。

瞬間に心理を読むこと。それは瞬間といういわば非時間を通して、通常の時間の流れの中でとらえきれないものを拡大的に確認する試みだと言える。これに対し、ひと晩中感光板を星空にさらすという、逆の意味での非時間における「撮影」もまた、通常の時間からの逸脱を経た見えないものの探索となっている。運動を瞬間の連続に還元して「ゆっくり」見せるにしても、あるいは逆に「ゆっくり」なものとしての星の光の到達を、より「速く」見せるにしても、速度の相対化を通して運動の把握を行おうとする点では共通の思考に基づいているのである。瞬間の微分的な記録に執心したように見えるマレーもまた、ゾートロープ（細切れの映像を運動として再現するための円筒形の装置）の用途としては、極端にゆっくりな運動の観察を考えていたようである。「ある運動が観察の目を逃れるのは、速すぎるばかりではない。極度に緩慢な運動、たとえば動植物の成長なども、われわれの感覚では捉えがたい。だが仮にその経過を適当な間隔をあけて写真に撮り、ゾートロープを使ってきわめて短時間に眼前を通過させるなら、そうした運動もはっきり目に見えるものとなるだろう」（『運動』一九四）。

ストリンドベリのオカルト的な写真術は、画家のエドゥアルド・ムンクにも大きな影響を与えた。ストリンドベリを通して実験写真の可能性を知ったムンクは、長時間露出による残像効果を大いに活用したのである。港はムンクがそうした写真作品の中で追求したのが「通常の意味での被写体」ではなく、「物体の痕跡」であったとしている。

たとえば怪我をして寝たきりになっていた時期のポートレートでは、長時間露出のあいだにベッドを出入りして、身体ではなく身体の影を撮影している。露出時間が一秒を切るようになって、写真がますます存在の記録として考えられていた時代に、逆に露出時間を長くとって、被写体を動かしたりカメラを動かしたり、あるいはレンズの前で白い紙を動かしたりしながら、物事が消滅することはどういうことなのかを見つめていたのである。(中略)カメラが人間ではなく人間の影を記録することを、魂ではなく魂の影を吸い込むことを、北の劇作家と画家は直感的に理解したのだろう。(二一〇-一)

ここでも興味深いのは、長時間露出という方法の両義的な性格であろう。静止画像であるからにはそれは運動の瞬間化・微分化にちがいないのだが、同時にそれは長時間に渡る運動を集約的に見せる、いわば早送り的な性格をも持っている。作品の残像効果は、一方で運動の速度を静止画像という「遅さ」に変換して表現するとともに、イメージのぶれを通してその動きを、「速さ」を、想起させせつづける。

映像用語としてのスローモーションは、きわめて限定的な意味を持つにすぎない。一秒につき二四枚のコマが送られるという映像の仕組みを操作し、撮影の時点で速度をあげて通常以上のコマを送っておいて、映写時には通常の二四コマ/秒に戻す、というのがスローモーションの原理である。このような映像において運動はゆっくりに見える。しかし、映像用語として一般化したスローモーションという用語を、やや拡大解釈してとらえることも可能なのではないだろうか。運動をとらえるに際して、「ゆっくり」を利用するという態度は文化の広い領域において見出すことができるのである。一八八〇年代、もしくは十九世紀末という時代の前にも、そしてもちろん後にも、スローモーション的な表象、思想、構造は存在してきた。一八八〇年代という特権的な時代は、非常に劇的かつ集約的な形で運動のとらえ方を革新したが、それはあくまで文化の中に潜在的にある「ゆっくり」の役割を改めて表沙汰にしたにすぎないと言えるだろう。スローモーションをめぐる考察は、最終的には文化における「ゆっくり」の意味を問い直すことにつながるのである。

「決定的瞬間」の意味論　「江夏の21球」

今日我々がもっとも頻繁にスローモーションと接するのは、おそらくスポーツの中継においてであろう。スローによる再現は番組を魅力的に見せるためには欠くことのできない装置であり、受け手の側もほとんど無意識のうちに、重要な場面がスローモーションで繰り返されることを期待している。ゆっくりな運動として映し出される身体は、スポーツ的なるものの表現の中核となっており、スロー画像なしの中継など成り立たないといえるほど、テレビ画面の文法は低速度による再現に依存している。

なぜそれほどスローモーションは重宝されるのだろう。大まかに言って、スポーツ中継中のスローモーションにはふたつの役割があるように思われる。まずひとつは、疑似科学的な正確さ。スクラムハーフはいったいどのようなステップを切って、敵のディフェンスをかいくぐったのか？　最後の空振りは変化球だったのか、直球だったのか？　あれ、今のほんとにオフサイド？スポーツ観戦において我々の疑問は尽きることがない。そうした疑問にいちいち答えてくれるのがスローによる再現なのである。肉眼ではとらえにくいようなきわどい肉体や器具の動きをあますところなく映し出し、「ああ、そうだったのか」と我々の認知欲を満たしてくれる。

しかし、スローモーションにはより重要な役割がある。それは、たった今生じた記念すべき瞬間を、オーラとともに華やかに再現する、いわば劇場的な飾り立ての機能である。およそスポーツの実況ほど「劇的」という言葉の多用される場はないが、スローモーションはそうした過剰なほどの「劇」への憧れに、独特の抒情性とともに答えてくれる。大切な瞬間の、その大切さと瞬間らしさを表現するのに「ゆっくり」という装置は実に具合がよいのである。いちいちの例をあげるまでもなく、スポーツ番組のイントロやフィナーレでは、必ずと言っていいほど選手の運動する様が麗々しくスローモーションで映し出される。そして我々も、スローモーションの持つ華やいだ雰囲気にすっかり慣れてしまっている。が、考えてみると、これは不思議なことだ。近代のスローモーションとはそもそも、よりよく見るために開発された技術のはずである。よりよく見ることは必ずしも感動し没入することにつながるとは限らない、いや『ガリバー旅行記』や『ユリシーズ』を見てもわかるように、スケールの極端な拡大は滑稽さやグロテスクさを引き起こす。

スポーツにおけるスローモーションは特別なのだろうか？　スポーツ中継は絶えず物語になろうとしている。スポーツ競技には、必ずしも画面には映し出されないような選手の前史を含め、さまざまなドラマの芽が潜みやすい。スローモーションが節目々々でそうした芽を大きく成長させ、物語として開花させる役割を持っているとするなら、とくにスポーツをめぐる言説のあり方に注目することで、スローモーションという方法のある重要な側面を明らかにすることができるのではなかろうか。

ここでは直接スポーツ中継を論ずるかわりに、少し回り道をすることにする。スポーツをいかに語るか、という問題をより徹底的に追求したジャンルにスポーツノンフィクションがある。日本のスポーツジャーナリズムは雑誌「ナンバー」の創刊とともに新たな時代を迎えたと言われるが、それを象徴したのが「ナンバー」創刊号に掲載され、後に映像化もされた山際淳司「江夏の21球」だった。山際は「〈自分が何をどう見たか〉以上に〈読み手に何をどう見せるか〉を意識した書き手」（重松清　一七）として新しいスポーツ語りの旗手となったわけだが、その「江夏の21球」でもスポーツ語りの引き立て役としてスローモーションがふんだんに使われている。過剰に、といってもいいくらいである。山際の頭には、実際の中継で用いられるようなスローモーションを文章のレトリックに転用しようという意図があったのではないだろうか。すでにスポーツが映像化され、名場面がスロー画像で映し出されるのが当たり前になっていた時代に、逆にスローモーション的な視線を活字という、いわばより動きの鈍いメディアに持ってこようとしたのではないか。

スポーツ競技を語るには、文章は明らかに劣勢に立っているように見える。映像ならいとも簡単にできるようなことが、できない。しかし、ほんとうにそうだろうか。以下、「江夏の21球」のスローモーションとの関わり合いを通してこの問題について考えるとともに、ひいてはスポーツとスローモーションとの間にある妙な親和関係についても確認できればと思う。

「江夏の21球」は一九七九年の日本シリーズ「近鉄バッファローズ対広島カープ」第七戦、九回裏の攻防を描いたものである。両チームのこれまでの対戦成績は三勝三敗の五分。この試合の得点は四対三で、カープがわずかに一点のリード。つまり九回裏の、この一点をめぐる争いに、一九七九年シーズンの優勝の行方がかかっていた。マウンドに立ったのは広島の抑えの切り札江

図 3　江夏豊　日本シリーズで近鉄を破り優勝で喜ぶ　1979. 11. 4
（産経新聞社提供）

夏豊。彼がこの回、近鉄打線に対し投じたのは全部で二十一球だった。この二十一球にはすべて深い意味がある。そしてその中でも特に一球、決定的な投球があった。その瞬間に向けたドラマの展開を辿るというのが、この作品の骨子である。

が、こうして簡単に梗概を説明した時点で、我々自身がすでにスポーツ的な言説の逃れようのないパタンに取り込まれていることがわかる。何よりも数の問題がある。一九七九、七、九、四、三、一……そして二十一。[1] 奇数が多いのはただの偶然だろうか。いや、すべての数があるひとつの数字、すなわち「一」を何らかの形で意識させるものだとするなら、奇数の氾濫もあながちいたずらなものとは言い切れない。どちらに転ぶかわからない天下分け目の二者択一。すべての出来事が、「ふたつにひとつ」という強迫観念に背後から追い立てられている。こうした分水嶺らしさと、「一」の持っている唯一絶対性——一九七九年は「この一年の総決算」を、七戦は「この一試合」を、九回は「この一イニング」を、四と三は「一点差」をそれぞれ引き立てているわけだから——とが否が応でもオーバーラップして物語の緊張感を高めることになる。

　もちろんどの数字も著者山際淳司の選びえた数字ではない。何しろこれはノンフィクションなのだ。フィクションとは違い、作家が勝手に数字を作り上げるわけにはいかない。しかし、何を語るか、もしくはそもそも語るのかどうか、という時点では著者に決定権があったはずである。山際が語ることを選択したのは「二十一」という数字だった。エースナンバーの一八ほどではないにしろ、かつて東尾修、高橋一三、今井雄太郎といった名投手により背番号としてつけられた「二十一」は、準エースナンバーとも言えるその渋い定番らしさにおいて、かえって抑制のきいた暗示力を発揮する。いかにも野球らしい因習に寄り添ったこの「二十一」という奇数を前面にかかげつつ、究極的にはさまざまな局面における「一」という数字の、その揺るがしようのない奇数ドラマを語るというのが山際の作戦だったわけである。

　「一」をめぐるこだわりは、多くのスポーツ語りに内在する「決定的に意味あるもの」への憧れとも重なる。「あれ」がすべてだったのだ、と一点を指さし確認する語りの仕草は、きわめてスポーツ的である。一回限り性を旨とするスポーツ競技ならではの過去形への偏愛。遠くへ、より遠くへ、と過ぎ去りつつあるものを眺めやるうすら悲しいノスタルジックな視線を、「あれ」

という指示語はぴたりと表現する。と同時に、そうした失われた瞬間をモニュメントとして打ち立てたい、何かを残したい、という「記念」の衝動も重要である。小さなものが大きな全体を隠喩するという、いわゆる「提喩」のレトリックとも絡むような、こうした一点強調による象徴化は、きわめて長い時間の経過とともに行われる多くのスポーツ競技を、コンパクトに整理された感動の装置として機能させるためには必須のプロセスだと言える。

　そもそもスポーツは動きや速度を競うものである。が、そうしたものとは対極にあるきわめて静的な記録によってはじめてスポーツは意味や結果を与えられる。この逆説的な仕組みが、スポーツをいかに語るかという技術において鍵となる。動きを描写するだけでも、反対に、記録を並べるだけでも十分ではない。スポーツ語りに特徴的な数字——とくに「一」の魔力——への信仰、過ぎ去った瞬間へのノスタルジア、記念碑願望……これらはいずれも、速度や可変性と「決定的に意味のあるもの」との間に折り合いをつけるために、物語レベルの実践として生まれてきたレトリックなのである。そしてスローモーションはそうしたレトリックの、おそらく中枢にあるものである。

　「江夏の21球」はクライマックスの場面からはじまる。スクイズを試みた石渡のバットが、江夏の外したカーブに空を切るシーン。「近鉄バッファローズの石渡選手は、今でもまだそんなはずがないと思っている」（傍点は原文ママ）という一文から、次頁の「その一球は、このイニング、九回裏に江夏が投げた球のなかでは十九球目に当たる」という行に至るまで、山際は原稿用紙にしておよそ三〜四枚を使い、「決定的に意味のある」瞬間を描く。そこではスローモーションがふんだんに使われている。

山際はいかにして、文章による「ゆっくり」を実現しているのだろうか。

冒頭の一文は示唆的である。「石渡選手は……思っている」（傍点引用者）と記されている。つまり決定的に意味のある、記念碑的な瞬間への入り口は、「思う」という心理によって作られている。出来事の経過そのものは案外、シンプルに描かれているにすぎない。

そのスクイズはみごとにはずされる。江夏の投球は外角の高めに外れ、しかも、曲がるように、落ちた。 （二七）

しかし、バットが空をかすめたというこのあまりに呆気ない出来事を、たっぷりと引き延ばしゆっくりと再現させるのは、そこに挿入される「気づく」とか「頭にひっかかっている」といった言葉である。

石渡が懸命に出したバットは空しく揺れ動き、ボールをとらえることができない。江夏の投げた球は、バットの下を通り抜けた。スクイズのサインで猛然とホームベースに走りこんできた三塁ランナーの藤瀬は、スクイズが見破られたと、気づく。

藤瀬史郎の話――〈バッター石渡さんのカウントが1―0になったとき、ブロック・サインがでました。無死で三塁に来たときからいわれてはいたんですよ。「スクイズもあるからサインをよう見とけ」とね〉

江夏さんはサウスポーやから、ぼくのスタートは見えんやろ……それがまず頭に浮かんで……。それに江夏さんはポンポン投げてくるタイプでしょう。そういう先入観があったものだから、スタートは余計早くしていいという気になってしまった。

(中略)

その一球が、バッター・ボックスにいた石渡の頭の中にいつまでもひっかかっているのだ。

石渡茂の話――〈江夏の投げたあのボール、あれはホントに意識的にはずしたのか……。信じられんのですよ。フォーク・ボールが偶然スッポ抜けたんじゃないか。〉

(二七-八　傍線引用者以下同じ)

石渡のバットが空を切ったという、時間にしておよそ一秒かかったかどうか、という場面は、人々の「思う」という行為を通して何倍にも拡大され、精査される。心理にもまた物理的な時間があるはずである。心の動きは決して、無時間のうちに生起するわけではない。しかし、心理を語るとき、文章はしばしば時間の外に出る。心理を語りはじめるやいなや、あたかも時間が停止させられたかのような錯覚がある。

これはひとつには、文章中では「思う」という行為が反省的となるからである。対応的、と言ってもいいかもしれない。思うことは、何かに対しその反応として生ずる、という約束になっている。思うことはそれ自体として出来事となるよりも、先行する事実に関わることで、つまりクロノロジカルな時間にはっきりと痕跡を残す出来事の片棒をかつぐ形で、語りの中に居場所を見つける。だからそれは、すでにある先行物を振り返るような、時間的に「遅れた」行為となりやすく、語りの中に措定される現在進行形の時間からは逸脱していく。

小説的時間の作り方　絲山秋子

このことは純然たるフィクションからの例を参照するとよりはっきりするかもしれない。次にあげるのは絲山秋子『袋小路の男』の一節である。この短編は語り手の女性の視点を通し、小説家志望の「あなた」を描いたもので、引用部は、その男性が背骨を折って入院したという事件の真相が明らかになる場面である。

「俺ねえ」あなたが言った。

「本当は階段から落ちたんじゃないんだ」

「え？」

「薬と酒飲んでベランダから飛び降りたんだ」

「覚えてるんですか」

「その瞬間は覚えてない、でも死にたかったんだろうな」

腹が立ってたまらなかった。

ひょっとして、彼女に振られてやけっぱちになって死にたくなって、それで袋小路のあの家の、ぺんぺん草の生えた屋根の下のたった二階のベランダから飛んだというのか。それで背骨を折ったというのか。

カッコ悪い。カッコ悪すぎる。あなたが持っている最後の担保はカッコ良さなのに、そんなのはひどい、裏切りだ。

「外で、痛くて気がついたんだ。這って自分の部屋まで行って救急車を呼んだ。そこから覚えてる」

「忘れていいんです。忘れた方がいいこともあるんです」
そのとき私の声が震えていたのは、怒りではなく恐怖のためだったとあなたは思ったかもしれない。
（三五-六）

傍線を引いた部分は「思う」に相当する部分である。この小説では時間の進行はもっぱらふたりの間に交わされる会話を通して表現されているが、傍線部の心理描写はその時間をいったん止めるように見える。前後のセリフはともに男のもので、ということはこの心理の生起する間、男は言葉を切ることなく発言をつづけていたのかもしれない。語り手による「思う」という行為は、そうした主枠の時間の中に別種の時間を導き込んでいる。

よく見ると、この「心理」は三つの段落からなっている。まず「腹が立ってたまらなかった」という一文。これは男の告白に対する最初の反応とも読めるし、反応の総括ともとれる。次の「ひょっとして……」という推量はなぜ「腹が立ってたまらなかった」のかの説明か。あるいは、腹が立ったあとにあらためて思ったことか。そうして「カッコ悪い……裏切りだ」という部分がつづく。「カッコ悪い」という感慨も、「腹が立ってたまらなかった」という怒りと矛盾するものではないから、これは最初の一文の心理の反復もしくは内容説明ともとれるが、場合によっては、腹が立ってから「ひょっとして」と邪推し、そのあとあらためて思った内容ともとれる。つまり三つの段落に分けて描かれた心理は、同時発生したとも読めるし、時間の経過の中で徐々に展開した心の動きともとれる。

しかし、ほんとうのところ、この心理描写が同時発生なのか時間軸に沿った継起的な発生なのかということはどうでもいいのである。小説を読むに際して、こうした心理の時間的曖昧さというものは、何らの障害にもならないし、物語理解をさまげることもない。なぜなら、こうした場面に挿入される心理というものは、その時間的な居場所を確定しなくてもいいような、小説内治外法権のような特権性をあらかじめ与えられているからである。われわれはこうした無時間的、もしくは非時間的な描写を、時計をとめたインジャリータイムの枠内で処理するのに慣れている。いや、もっと言えば、小説の中に構築される時間、つまりいかにも小説らしい時間というものは、こうしたゲリラ的な非時間のおかげでこそ成り立っているとさえ考えられる。

小説らしい時間とは、非常に微妙なものである。今の『袋小路の男』の例で言えば、「本当は階段から落ちたんじゃないんだ」「え？」「薬と酒飲んでベランダから飛び降りたんだ」「覚えてるんですか」という風にトントンと会話が続いて「……でも死にたかったんだろうな」とのセリフのあと、ひとしきり語り手の内面吐露があり、それからおもむろに「外で、痛くて気がついたんだ」というセリフとなるあたり。つまり、さりげなく時間経過を伴うセリフが中断され、時間経過を伴わない心理描写があって、そのあとまた時計の針が進みはじめるあたり、である。時間と非時間とが交互にあらわれ、しかし、お互いの流れを乱さずになめらかに接続している。小説的時間とは、あらゆることが設定された時間の枠内で発生するものではなく、時間の中の出来事と、時間を超えた出来事とがバランスをとることによって生み出されるものである。「実際に起きていること」は絶えず「思うこと」——それは文字通りの内面吐露であることもあるだろうし、単なる語り手によるメタレベルの説明であることもあるだろうが——によって相対化されている。こうして両者の間で緊張感が保たれることではじめて、作品ならではの時間が流れはじめる。

絲山秋子の『袋小路の男』を例にあげたのは、まったくのランダムな選択ではない。この作品に限らず絲山の小説は非常に歯切れの良い、テンポの良い語りが特徴である。しかし、テンポが良すぎれば時間は平板にもなる。「袋小路の男」の語り手は一見敏捷さに欠けた女性であるが、いやいやどうして、「あなたが持っている最後の担保はカッコ良さなのに、そんなのはひどい、裏切りだ」などということを「思う」のは、一筋縄ではいかない、なかなか俊敏な心の持ち主とも思える。絲山作品の魅力ということを言うなら、まさにこのあたりの齟齬、ということになるかもしれない。デビュー作の『イッツ・オンリー・トーク』の語り手はもっと不機嫌で斜に構えているが、斜に構えた述懐の中にも意外とふつうの「気持ち」があらわれたりする。次に引用するのは大学時代の友人で現在は都議会議員をしている本間と主人公の語り手がベッドをともにする場面である。本間は勃起不全で、童貞である。

「ねえ、腕枕して」

本間はうんともいやとも言わずに腕をよこした。

「痛くない？」

「痛くないさ」

「はじめて？」

「うん」

やっと本間が吐息をついた。やっとここまで来た。その腕の緊張が解けるまで私は寝たふりをしていた。

庭付き一戸建ての本間が欲しいわけではなかった。眠れるスペースとしての男が欲しいだけだった。私自身も居心地のよい寝床になれればよかった。彼の腕の強さ、温度、かすかな匂いを私は好んだ。だからといって彼の歴史や世間体や精神を引き受けるつもりは毛頭なかった、そんなことを伝える言葉があっただろうか。世の中に愛のことばはいくらでも存在するのに、言いたいことがシンプルになる程何も言えなくなってしまう。（一八－一九）

語り手は鬱病。何となくやけくそで、何となく「わかるわけないよ」という頑なさを感じさせるレトリックが疎外感と響き合うが、他方、ひどくナイーブで真っ当なトーンもある。語りのテンポの良い小説というのは、時間が一定速度で真っ直ぐに進むものだが——そしてそれはときにモノローグとか一本調子とかいって批判されるものかもしれないが——絲山の作品はそうしたスピード感をむしろ最大限に利用し、心理の導入とともに生ずる無時間との落差の中でひねりを加える。真っ直ぐな語り手のようでいて、その実かなりアクが強く、そのアクがふっと時間が止まったときにあらわになる。時間がたったなあ、何かが起きたなあ、とこちらが思わされるのはそういうときだ。語り手たちの「思う」仕草が、自分自身のつくるテンポの良い語りの時間から上手に離脱する、そのときである。

「江夏の21球」における心理描写は、明らかに小説的な約束事をもとにしたものである。語りは心理の世界に踏みいることで、石渡のバットが空を切ったという短い時間に、無数の「思う」ことの生起する非時間を導きこむ。それだけではない。これは小説においても使われるようになったとはいえ、どちらかというとジャーナリスティックな文章に特徴的な方法だろうが、山際はこの「決定的な瞬間」を描くに際して、徹底的な声の複数化を行っている。すでに引用したような石渡自身の述懐やサードランナー藤瀬の証言のほかにも、たとえば「見破られました！　スクイズを見破られたのです。ツー・アウト！」といった実況中継のアナウンサーの声や、そして作品の末尾では、金田正一や江夏自身の声を盛り込んだ、江夏の長いセリフが引かれている。

オレは投球モーションに入って腕を振りあげるときに一塁側に首を振り、それから腕を振りおろす直前にバッターを見るクセがついている。これは阪神に入団して三年目ぐらいのときに金田（正二）さんから教わったものなんだ。投げる前にバッターを見ろ、相手の呼吸をそこで読めば、その瞬間にボールを外すこともできる。石渡に対する二球目がそれだった。石渡を見たとき、バットがスッと動いた。来た！　そういう感じ。時間にすれば百分の一秒のことかもしれん。いつかバントが来る、スクイズをしてくるって思いこんでいたからわかったのかもしれないね。オレの手をボールが離れる前にバントの構えが見えた。真っすぐ投げおろすカーブの握りをしていたから、握りかえられない。カーブの握りのまま外した。キャッチャーの水沼が、多分、三塁ランナーの動きを見たんやろね。立つのが見えた……。

（四四）

江夏が外角に大きく外したカーブは、はたして意図的だったのか、偶然だったのか。たがいに矛盾するさまざまな声の対立は、究極的にはこの一点に集約されるだろう。「近鉄バッファローズの石渡選手は、今でもまだそんなはずがないと思っている」との一文で文章をはじめた山際は、そのことについてあくまで判断を保留している。彼の提示するのは江夏自身の、「オレの手をボールが離れる前にバントの構えが見えた。真っすぐ投げおろすカーブの握りをしていたから、握りかえられない。カーブの握りのまま外した」という言葉だけである。

こうして見ると、「決定的な瞬間」をスローモーション的に拡大するために山際の行っているのが、むしろ決定的な瞬間そのものからは離れていくような、懐疑と、否定と、エントロピー的な拡散だということがわかるだろう。バットが空を切る、という可視的な出来事は目に見えない心理にとってかわられ、しかもそれを語るのは互いに矛盾しあういくつもの声なのである。ここには、かつてマレーの撮影した鳥の連続写真が、ほんものの鳥の飛翔とは意外と似ていないという事情を想起させるような、現象の霧散していってしまう感覚がある。

こうした傾向は「江夏の21球」全般に見られるものである。スクイズ失敗の瞬間だけではなく、一球々々の投球を山際は丁寧に描いている。たとえば、最初の打者羽田が初球をヒットするところ。打った羽田は「初球から真っすぐを狙ってましたからね。……まあ、会心の当たりというところですね」とご満悦であるのに対し、江夏は「あんまり賢こうない奴だなと思った。その記憶が残ってたんだろね。そこをスコンとやられたから痛かった」と述懐する。さらに、自分は初球でやられることが多い、という逸話――「七九年のシーズンに十本、ホームランを打たれた。そのうちの七本が初球。しかも、いわゆるホームラン・バッターではなしに、ふだんはめったにホームランを打たん奴にやられとる……」――と話はふくらむ。これに続いて盗塁、捕手の悪送球、守備陣形の妙、ブルペンの動き、江夏の心の乱れ、平野との勝負……。山際は食い違う心理や声の引用、回想などを通していちいちの瞬間を、まるでモザイク状に組合わさった多元的な歴史の寄せ集めのようにして描いている。というより、瞬間として結晶したはずのものを、ひとつひとつほぐし、バラバラにしてしまうような印象さえある。

果たしてこれは、活字というメディアの抱える根本的な不自由を示唆しているのだろうか。たしかに、活字作品としての「江夏の21球」とその映像版との間には決定的な相違がある。活字には定速度で進行する「ふつうの時間」というものがないのである。映像作品は実況中継を柱としつつ、そこにスローモーションやインタビューを挿入することでメリハリをつけるという構成になっている。映像のスローモーションは明らかに括弧でくくられた非時間であり、そのおかげで重要さの符合ともなり、冒頭で述べたように、疑似科学的な正確さと記念碑的な屹立とをわかりやすい形で担うことになる。これに対し活字作品には、一秒二十四コマという規則に還元されるような絶対的な時間原理がない。モーションなどというものの存在しない地点――そういう場で一点強調の美学、「一」の魔力を語ろうとするということは、そもそもいかに土台となるモーションを構築するのか、という問題を呼び起こさざるをえない。

石渡のバットが空を切る様は呆気ない、と先に述べた。しかし、それを呆気なく見せるのは実は文章なのである。文章というメディアは根本的に要約的であり、還元的であり、抽象的である。文章は「実物」を、「実物」よりも小さく見せるのだ。文字によって描いたり記録したり議論したりという作業にはいつも、「何かをその〈何か〉よりも少なく見せている」という感じがつきまとう。それが出発点なのである。文章の中のモーションというものは、はじめからモーション・マイナス・アルファにならざるをえない。そして、ということは、そうした縮小機能に逆らい、要約し還元し抽象化するという流れに抵抗することでこそ、モーション・プラス・アルファ、すなわちスローモーション的な拡大を実現することができるということでもある。

山際の用いた手法が懐疑と否定とエントロピー的な拡散に依存したというのは、こう考えてくるとわかりやすい。それが、たとえば小説的時間の作られる仕組みを彷彿とさせるとしても驚くには足らないだろう。多くの小説作品において時間と非時間との交錯は、内面、声、過去の想起といった要素の挿入によって演出される。「江夏の21球」もまた、まるで異物のようにしてそうしたものを散りばめることで、縮小しようとする物語と拡大しようとする物語とを均衡させている。

文章におけるスローモーションとは、そういう意味で、文章たろうとすることの否定をはらむもののことなのかもしれない。言葉として完結しないこと、語り尽くさないこと、意味してしまわないこと。冒頭の命題に立ち返るなら、次のように要約することもできる。スローモーションは運動の記念碑である。スポーツ語りは、スローモーションを用いることでスポーツの華やかさを引き立てる、はず。しかしそこでは、スポーツを語ることの逆説性も露呈せざるを得ない。スローモーションを通して我々が求めるのは、スポーツにおける決定的瞬間としての「それ」であることはまちがいないのだが、運動を微分化しようとすればするほど、「それ」はとらえられなくなっていく。

「それ」がどうしてもとらえられないということの感覚は、まさに文章におけるスローモーションの原理と重なる。「ゆっくり」を意図する語りは、見えないもの、複数のもの、過ぎ去ったものといった夾雑物の中で、次第に語り得ぬということこそを語るようになっていく。微分化し、拡大しようとすればするほど霧散していく、言葉とはまさにそういう世界をつくるものなのであり、スポーツを語るとは、言葉のそうした宿命をあらためて思い知るということに他ならないのである。

2 絵画とマンガの「遅さ」

騙されちゃった、の感覚

　スローモーションは早くから映像のレトリックとして定着してきた。映画史の教科書では必ずといっていいほどその説明に一節がさかれており、早回しにあたるファーストモーションがチャップリンの喜劇などに代表されるように滑稽さを表現するのに対し、スローモーションは抒情的、荘重、悲劇的といった印象を与えるとされてきた。[1]

　ただ、スローモーションが作品全編にわたって使われることはあまりなく、ふつうは限られた場面で強調的に用いられる。視点人物の心理に深入りしたり、場面の感傷性を際立たせたり、夢の世界に入ったりするといった場合が典型例で、また、007シリーズなどのアクションもので激しいスピード感に満ちた動きの中にスロー映像が差し挟まれると、その部分が決定的な瞬間としてクローズアップされることもある。『マトリックス』のような視覚効果をふんだんにつかった作品でも、弾丸をよける人物の様子がスローモーション映像（もちろんCGだが）によって映されることで、「驚くべき重要な瞬間」が表現されている。スローモーションの一種の派生として、水中シーンや宇宙遊泳の様子などが似たような効果を生むということもある（「パールハーバー」など多数）。

つまり映画におけるスローモーションとは一種の異化装置なのである。語りの中に、ふつうの時間から離脱するような「そうではない」瞬間を導きこむことでその部分を際立たせ、重要さの隠喩とともに焦点化を引き起こす。そういう意味でスローモーションとはレトリックの問題であり、またレトリックの問題にすぎない、とも見られがちである。しかし、スローモーションは視覚や運動をめぐる、より原理的な問題にもつながっている。本章で扱いたいのはこのあたりである。そもそも人間にとって運動と静止の対立は何を意味するのだろう。それはほんとうに実在するのか。

ここで今一度、スローモーションの仕組みを確認しておこう。通常の実写映像では撮影、映写ともに一秒間に二四コマを送ることで「動き」を映し出すのに対し、スローモーションの場合は撮影時の回転速度を速め、たとえば一秒間に三六コマ分を撮影しておいて映写時にはそれを二四コマ／秒に落とす。そうすると、映し出される映像がゆっくりに見える。撮影時の設定はそのままで、映写時の速度だけ落とすという方法もあるが、この場合は一秒あたりに映されるコマ数が減るため、動きに滑らかさが欠けることになる。

そもそも映像がこのような一秒二四コマという原則に基づいているのは、人間の眼が一秒二四コマの静止画像の連続を「自然な動き」と錯覚するという生理現象に基づいている。いわゆる残像効果である。「眼に焼きつく」という表現にも表れているように、人間の網膜は映されたものを一定の時間覚えているという特性がある。だからある程度の速さで静止画像が送られると、我々の眼はそれを「本物の動き」と区別できなくなる。映像の歴史というと必ず言及される十八世紀から十九世紀にかけての「フェナキスティスコープ」や「プラキシノスコープ」といった発明は、円盤状に絵を描きそれを回転させて覗き穴から見るという仕掛けで、現在ではおもちゃにすら採用されないかもしれないたいへん簡単な構造なのだが、それでも我々は騙される。ノートの端で簡単に作成されるぱらぱらマンガしかり、である。そして我々は、「あ、騙されちゃった」と思う。

この「騙されちゃった」の感覚は、視覚メディアの表象には付き物なのである。映像に限らずマンガや絵画などを含めた視覚芸術で我々はさまざまな「運動」を体験するが、同時にそれが決して「本当の運動」ではないことをも知っている。少なくともマンガや絵画であれば、我々が目にしているのは静止した画面なのである。にも関わらずそこにアクションやストーリーを読んでしまう。アニメであれ実写であれ映像の場合も、我々が見ているのは静止画像の連続にすぎず、

「本当の運動」ではない。

これに対し、スローモーションは「本当の運動」を遅く見せる視覚効果である。前提としてあるのは、「運動はスローモーションに先立ってそれ自体としてある」という認識であり、その運動があくまで人工的にスピードダウンされているという意識を我々は持つ。そういう意味ではスローモーションは、静止画像が「本当の運動」であるかのように錯覚させる装置とは逆方向の作用を持つのだといえる。

しかし、スローモーション映像を通して我々は束の間、あらためて「本当の運動」に立ち向かうような気にもなる。それはスローモーションの微分性に伴う「よりよく見る」という視覚的仕草が、運動に対する究明的で「まじめ」な態度を錯覚させるからである。スローモーション映像に対し我々は、凝視的かつ前のめりなのである。そこには、運動に対するほとんど信仰に近いような憧れと敬意さえ伴うと言えるだろう。もちろん、前のめりであるがゆえに、場合によっては我々は運動をよりよく見る過程で「動」を「静」へと分解し、そこに瞬間そのものを見出してしまうかもしれない。異化作用とともにスローモーション映像は、静止画像の連続が運動そのものと誤解されていることをあらためて我々に思い出させ、「運動と時間とはいかようにも表されうるものなのかもしれない」という認識をも呼び覚ます。

たしかに運動と時間とはいかようにもありうるものなのだ。我々の目は常に「静」を「動」と錯覚し、その一方で、「動」の中に「静」を発見したりする。スローモーションはそういう意味では、両者の間にダイナミックな緊張関係があることを想起させてくれる貴重な装置である。しかし、とりわけ重要なのは、人間が運動を把握するときに「遅さ」の持つ効果である。我々が「本当の運動」を錯覚するときにも、「遅さ」は決して邪魔にはならない。むしろ遅さや、場合によっては静止こそが、より効果的な動きの表象へとつながるのである。我々は運動をその「速さ」において語ることに慣れているが、実際には運動の表象は「遅さ」にこそ根ざしているといっても過言ではない。以下の章では絵画やマンガといったメディアに焦点をあて、運動の表象がいかに「遅さ」を軸に成立しているかを確認することで、人間の視覚において「静」と「動」とが複雑に交錯している様について考察してみたい。視覚をめぐる「騙され」の感覚が、人間の認識のあり方を考え直す上で鍵となるのである。

絵画は動く　パトリック・ヘロンの円盤

ここにあげたのはパトリック・ヘロンによる絵画作品である（図4）。人によっては、これが絵？　という感慨を持つかもしれないシンプルなものだが、まさにそれが選択の理由である。い

図 4　Patrick Heron, ‘One Form: September 1959’

かにしてこれが作品たりえているかを考えていくと、そこに運動と、そして速度の問題がからんでくることがわかる。

ヘロンは一九二〇年生まれのイギリスの画家で、一九九九年に亡くなるまでセントアイブズの前衛芸術家グループの中心人物のひとりだった。風光明媚で知られるセントアイブズは英国西部、コーンウォルの突端に位置し、陽光にめぐまれた気候風土ゆえしばしば地中海にも喩えられる。この地を愛した画家たちは、太陽光を意識した印象派風の大胆な色彩を好んで使う。ヘロンもまたそうであった。

多くの抽象画家と同じように、ヘロンは具象から出発し、次第に作風を変えていった。とくに五十年代半ばからは急速に抽象度を増し、はじめはかすかに風景の余韻を残すような一面の細かい斑が目立ったのが、マーク・ロスコやショーン・スカリーを思わせるシンプルなストライプが中心となり、やがて画面に二つ、三つと大きな染みが浮き出すようになる。点、線、面、という変遷である。

　今回とりあげた作品は、ヘロンの「面の時代」を代表するもののひとつである。画面にひとつだけ赤っぽい物体らしきものがある。正方形に近いような、しかし円や球の面影もあるような、輪郭のあいまいに滲んだ形である。仮にこれをＦ1と呼ぶとする。枠は横長の長方形。四等分すると、右下の区画をＦ1が占める格好になっている。背景は赤をくっきり浮き立たせるような、くすんだ薄めの灰色。ただ、少しだけ赤が混じっている。だから二つの色彩は、たいへん相性がいい。コントラストが明瞭でありながら、共通性もある。

　ここで注目したいのは、このＦ1の位置である。いったいなぜここでなければならないのか。たとえばこの位置を描写するとしたら、どういう風になるだろう。右下の隅。角に近いところ。ただ、枠に接するほどではない。中心点と隅との真ん中あたり。この位置にあることで、Ｆ1はどんなニュアンスを放っているだろうか。

　文学テクストの分析をする際、最初の手がかりに二項対立に注目するということがよくある。たとえば夏目漱石の『行人』で、謹厳で頑固で内向的な兄と、情には厚いが洞察力にすぐれているとは言えない弟とが対比されているのを確認すると、小説中の価値の構造がわかりやすくなる、といったように。作品中で「何が大事」で「何が問題」なのかを判断するためには、対立する項目の葛藤に目を向けるのが便利なのである。父性と母性、水と土、生と死、現実と夢想など、作品中にはさまざまな対立項が散りばめられているのが普通で、語りの展開もそれらの関係性の変化によるところが大きい。

この画面にも、硬いものと柔らかいもの、大と小、前と後ろ、内と外、熱さと冷たさなどさまざまな二項対立が仕組まれている。F1の位置のニュアンスを説明するには、その中でもまずは上下という対立に注目すべきだろう。F1は明らかに「下」に属している。一般に、「上」と対比されるところの「下」には、安定、平安、下降、沈鬱、重圧といった属性が読める。これに色彩とか、筆使いとか、周囲の形象との関係性といった要素が入ってくる。F1の場合はどうだろう。色彩は背景に対し明瞭である。四角にも円にも似た原型的な形には質量らしさが感じられる。周囲に何もない単独性は「注目せよ」という合図か。ここには重みを伴った安定と平安の感覚がありそうである。赤の持つ発散性のおかげで、あまり沈鬱な感じはしないかもしれない。ただ、重みが示唆されることで、下へ、下へ、という下降運動は読めるようだ。

左右はどうだろう。F1は明らかに「右」に偏っている。左右といえば、政治的な記号としては大いに有意な対立だが、それ以上のものはあるのだろうか。実は視覚イメージ的にも、左右は決してニュートラルな対立ではない。映像関係の初歩の知識としてよく知られているのは、画面中の左から右へという移動が、右から左よりも自然だということである。[2] なぜかはわからない。そういえばアルファベットは左から右に読む。洋書も左から右へと頁を繰る。でも日本語の縦書きは右から左。横書きも最初は右から左だった。縦書きの本は今でも右から左だ。だから左から右というのは、西洋文化圏の約束事にすぎないのかもしれない。いずれにしても映画などでは、主人公は左から右に動くことが多いのに対して、悪役は右から左に動くことが多いと言われている。

ではF1の右はどう読まれうるだろう。もし、左から右へという流れが、いわば見えないコンヴェンションとして画面を裏で支配しているとするなら、ひとつの読み方はF1がその流れを順当に受け、その圧力をいわば再確認するかのように右に偏っているというものである。しかし、もうひとつの読み方として、F1はまさに左から右へという趨勢に抗して、右から左へと逆方向の運動を企てている、そしてそこに葛藤の芽が生じているという解釈もあるかもしれない。

筆者は前者をとる。その根拠としてあげたいのは、まずはすでに確認した上下の問題。それから枠との関係や「滲み」といった要素である。少し詳しく説明しよう。

先にF1には重みとともに下へ向かおうとするような下降性が読めると言った。もしそうだとするなら、それは上から下へという、我々になじみ深い重力の感覚に従った運動性である。つまり「順」なる動きといえる。そこには「やっぱり」的な安心の感覚がある。左と右はニュートラルではないが、上下はそれにも増してニュートラルではない。上か下か、その位置関係にはそれぞれたっぷりとニュアンスがこめられうる。「主人公は右方向に走ることが多い」と聞いたときに、「ああ、そういえば」と思うのとは違って、「上にあるものは下に行くものだ」というのは、我々の日常経験に照らしていわば当たり前の感覚である。運動として上から下という動きは自然であり、日常的かつ現実的なのである。逆に上へむけた運動は反自然ではあるが、それだけに爆発的なエネルギーを感じさせもする。もし上へ上へという運動が積極的に画面に示されれば、超越、神秘、観念といったものの表現につながるだろう。いずれにせよ、上下をめぐる運動感覚は左右をめぐるそれよりも顕示的であり、我々の空間認知においても優先的に実感されるのである。ということは、左右の感覚はしばしば上下の感覚に影響される、あるいは支配される。だから、上から下へという「順」方向の上下運動は、左から右へという同じく「順」方向の運動性を想起させるのではないだろうか。

またＦ１の下降性には、画面の端まで到達しつつあるという「終わり」の感覚も伴っている。上下においてＦ１の運動が終わっているのだとすると、左右についても終わっているのかもしれない。つまり、Ｆ１は右から左へという運動の始点にあるのではなく、左から右へという運動の終点にある。ここで、Ｆ１の質感や重さが効いてくる。たっぷりと重い感じは、Ｆ１の終わりらしさをあらためて強調するだろう。

ただし、この「終わり」は上下においても、左右においても、文字通りそれほど際どいものではない。枠とＦ１との間にはまだそれなりの距離がある。こうして「際」との接触や近接は回避され、終わりといっても、今すぐ事態が急変するような切迫感はないのである。ふたたび映像の常識を借りて言えば、同じ運動シーンの撮影でも、たとえば走っているマラソン選手を足元から写すのと、上空のヘリコプターから撮影するのとではスピード感がまったく違う。速度の感覚は、移動そのもののスピードからだけ生まれるのではなく、「際」の扱いによっても生ずる。Ｆ１の終わりに向けた運動はそういう意味では、比較的ゆるやかなものとして表現されている。

「滲み」も重要である。Ｆ１と背景とは、色としては明確な対比をなしているが、両者の間は「滲み」によって媒介されている。つまり、Ｆ１は背景と対比されはしても対立しているわけではなく、両者はお互いに相手に「なる」可能性が残されている。融和の感覚である。枠との距離が上下も、左右も、ほぼ等しいことと、この融和性とはつながるかもしれない。Ｆ１は終わりにむけての平穏で安定した運動を表しているのである。

実際にはこの画面も、Ｆ１も、メディアとしては静止したものである。ジャクソン・ポロックやフランツ・クラインの作品に見られるように、あからさまに画筆の運動性そのものがテーマとして表現されているとも思えない。にもかかわらずそこに運動性を読みたくなるのは、Ｆ１の位置が背後に連想されるいくつかの逸脱や均衡の上に成り立っているからである。背後に垣間見えるのかもしれない、あるいは未来に予感されるのかもしれない不安定を、少なくともいま、この瞬間においてだけは超克することで、F1は「完成」しているのである。F1はそれ自体としてそこにあるだけではなく、これから起こりうる運動や、すでに起きてしまった運動との関係においてそこにあるということである。

図5

ここでルドルフ・アルンハイムの行った心理実験を参照してみよう。図5のように、四角い地の上で円盤を動かし、位置によってどのようなニュアンスの違いが生ずるかを調べるのである。位置によっては円盤が枠に「近すぎる」と感じるところがある。あるいはある一方に引っ張られているように思わせる場所もある。どっちつかずで気持ち悪い、という所もある。こうした感覚に基づき、アルンハイムは次のような構造地図を示してみせた（図6）。四角形の枠組みの周囲や内側で、外枠、対角線、上下左右を分ける線などに沿って一種の緊張の磁場がはりめぐらされているのがわかる。とくに中心点や角ではその威力が大きくなっている。枠の中に描かれる形象は、こうした磁場との関係において緊張感を持たされるというのである。円盤を動かしてみたときにぴたりと落ち着いて感じるのは、ちょうどこの磁場に乗った場合である。アルンハイムはさらにこの構造地図に矢印をも描き込んだ今ひとつの図版を引用し、この磁場において方向の問題が大きく関わっていることも示している（図7）。

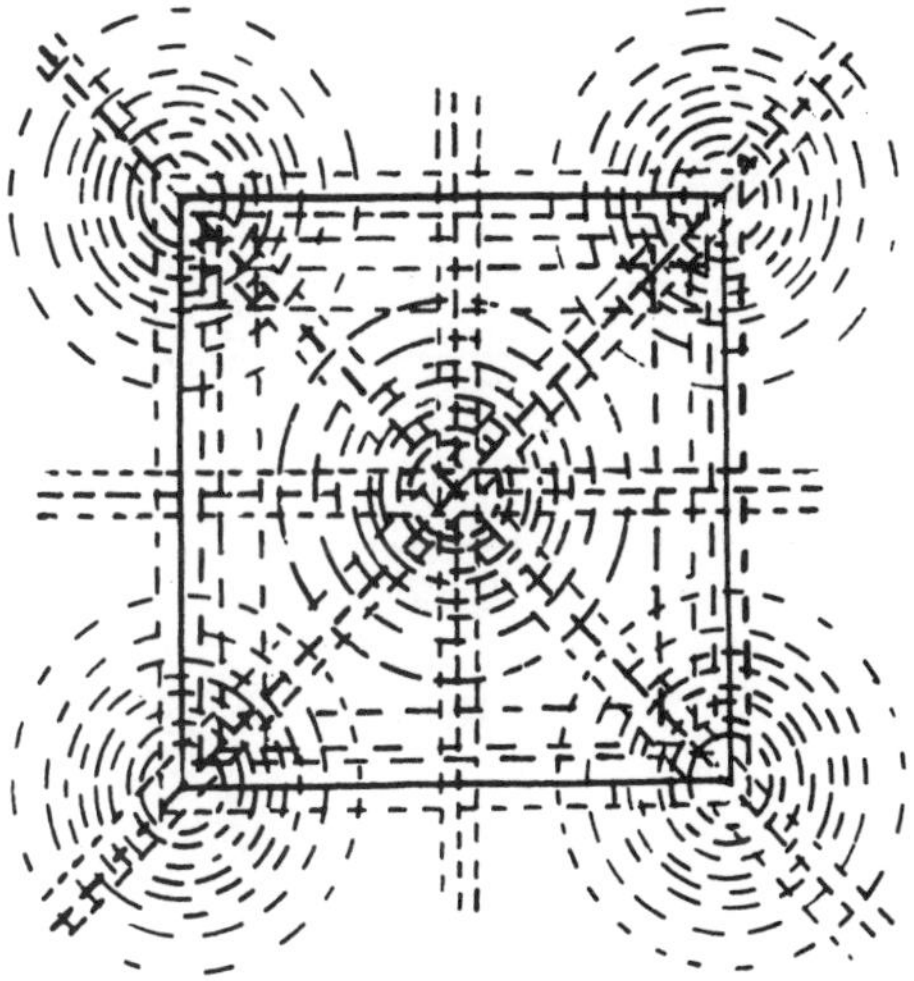

図 6

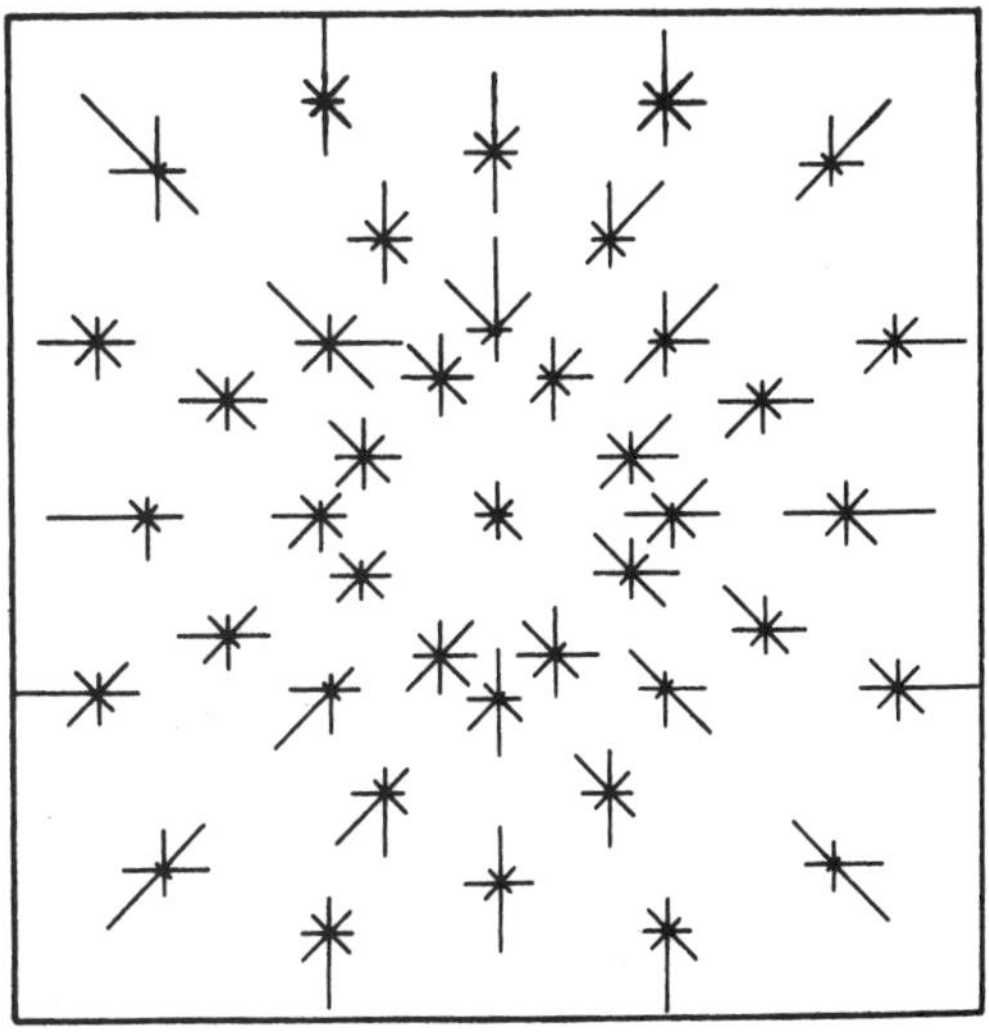

図 7

こうした原理的なアプローチが実際の絵画にストレートに適用できるわけではない。すでに説明したように、さまざまな要素がからみあって画面上のニュアンスは決定されるのである。絵画面は位置関係以外にも、色や形、質感や連想など、多くのエネルギーと雑音に満ちており、それらがいちいち意味を持ってくるところがまさに絵画の複雑でおもしろいところなのである。ただ、描かれる形象がたとえ静止したものであっても、枠との関係が存在する以上、形象の位置が何らかの運動を想起させるということは言えるだろう。たとえ「落着感」が表現の眼目であったとしても、そこには「かつてあった運動」の影がすけて見えるはずである。絵画作品における「ぴたりとくる」完成感は、画面をめぐって渦巻くさまざまな方向の運動をどうやりくりし、まとめているかと密接に結びついているのである。

残像の魔力

絵画は静止したメディアだが、それが作品として意味を発散する過程を辿っていくと、何らかの形で運動と関わっていることが確認できる。今とりあげたヘロンの作品は、たったひとつの形に焦点のあてられた、いかにも静止的で「絵画的」な作品である。にも関わらず、その意味合いをあらためて省察すると、そこに動きが読みこまれることで作品のニュアンスが生み出されていることがわかる。静止的な絵を見るときにも我々は、動きを読むことを通して静止を受け止めているのだと言える。

絵画は人間が手段として持っていたもっとも古い表象の方法のひとつである。映画のようにメディアそのものが運動装置を備えることが技術的に不可能だった時代から絵画は動きと関わっていた。人間の目は静止した画面を見るときでも、うろうろと揺れながら動いてしまうことが知られているが、静止した絵画の持つ潜在的な動きは、そうした受容の側の特性とも関わっているかもしれない。我々人間にとっては、むしろ乱雑に動いていることこそが常態なのである。視覚心理学の知見によれば、人間の眼はジャンプと停止を交互に行うことによって対象をとらえている。

私たちの眼は、約三〇〇ミリ秒間の固視と約三〇ミリ秒間の跳躍を繰り返しているのであるが、この様子は絵を見るときであろうが文章を読むときであろうが、あるいはどのようなものを見るときにも共通している。というより、私たちの眼はそのような動きしかできないようになっているのである。たとえば隣の友人に、眼をジャンプさせることなくスムーズに動かすよう注文してみよう。適当な目印を見てもよい。室内なら机の端の左から右までまっすぐにたどってもよい。頭を動かすのではなく眼だけを動かすのである。友人の眼は果たしてスムーズに動くであろうか。答は否であり、何回試みてもスムーズに動くのを見ることはできない。断続的に動く、つまりジャンプしてしまうのである。すなわち私たちの眼はたとえそうしようと思っても、スムーズには動かないようになっている。

(池田　四〇)

絵を見るときにも、文章を読むときにも、この眼の動きは同じだという。しかもこれに加え、言語が線条的に辿られなければ機能しないことが示すように、意味というものは連続的な環境においてしか現れ得ない。現象学が、「還元」という方法を用いて意味を停止させることで、意味作用の裏側をのぞき込もうとしたのもそのためである。静止した絵画面であっても、我々はその「静」を「動」というコンテクストの中でとらえることを運命づけられている。

すでに触れたように、運動そのものへの同化を果たすかに見える映像メディアの方法も、原理的には「静」から「動」への連携の強力さによって成り立っている。映像が動いて見えるのは、一秒あたり二四コマの静止画の連続が、動きを錯覚させてしまうためだ。その基にあるのは、人間の眼に一瞬前に目撃された「像」が「残像」として束の間とどまる、という特性である。つまり、頑固な静止画が眼に焼きつけられるからこそ、物は動いて見える。静止が静止として持続することが肝心なのである。静止が静止として持続すればするほど、動きは滑らかで自然なものになる。

動を可能にしているのが不動性だということは、驚くべき事態であるように思える。そしてさらに驚くべきなのは、そのことに我々が驚かないということでもある。

別の角度からこの問題を考えてみよう。そもそも我々は、動いているものと動いていないものとを截然と分かつ思考を知っている。静と動との間には決定的なギャップがあるのである。最たる例は、生死の区別だろう。人間の生死を軽視する思考は存在しても、生死の区別をまったく無視するのは無理である。神智学で死者の霊との交信が可能だとしても、それは生死という大きな溝を乗り越えるからこそ意味を持つのである。もし生死に区別がないとしたら、交信には驚きも神秘も技術も見出されなくなり、交信することの価値が消失する。動と静とを分かつ思考は、生と死を異なる事態として弁別する本能とも通ずるような普遍的かつ根源的なものだと言えよう。我々はなかなかそこから自由になることはできない。それは一種の呪縛でさえある。

にもかかわらず、ぱらぱらマンガであれ、プラキシノスコープであれ、動く画像を目の当たりにすると我々は「あっ、動いた」と思う。何度繰り返してもそう思うはずである。もちろんやればやるほど感動や驚きは摩耗し、いちいち「動いた！」とは言わなくなる。しかし、「動いた」とは思う。そして、いかに美しく動かすか、錯覚させるか、ということに注意が行ったりする。

運動の問題は我々にとって、心の問題であるよりも、身体の問題なのである。いかに静と動とが区別されるもので、動を実現しているのが実は不動なる残像にすぎないということが頭でわかっていても、我々は決してそのことを実感できない。深く愛し合うふたりであっても、一方が他方にかわって食事をとったり排泄したりすることはできないが、にもかかわらずふたりは愛し合い、一体感を味わい、ときには同一化しきれないゆえの激しい嫉妬の感情を覚える。同じことではないだろうか。

ここには興味深い矛盾が潜んでいる。背後にあるのが静止画像であると知ってはいても、我々は映像を見れば、「動いた」と思う。身体が反射するのである。実感と思考との乖離がここにはある。そして、繰り返すが、何より驚くべきなのは我々が平然とこの乖離を受け入れられるという事実でもある。

松田行正の「プロセシズム」という概念をここでとりあげてみよう。気ままなエッセーの体裁をとった『眼の冒険──デザインの道具箱』は次々に思考のアイデアを投げかけてくれる爽快な好著だが、その中の「プロセシズム」という項で松田は、この概念を次のように映画のひとコマのイメージを借りて説明する。

リチャード・レスター監督の映画「スーパーマンIII電子の要塞」(一九八三)の見事なオープニングを覚えておられるだろうか。美人にみとれた男が柱に当たってよろけ、おもちゃをひっくりかえす。そこにローラースケート女が飛び込んできて、バランスをくずしてホットドッグの屋台にぶつかる。屋台が電話ボックスに当たって倒れ、花屋をつぶす。花屋に繋がれていた子犬が逃げて……というぐあいに原因が結果をもたらし、結果が原因となる。因果関係は延々と続き、はじめに登場した美人に戻る。まさにサイレント期のバスター・キートンやチャーリー・チャップリンのスラップスティックである。（一〇〇）

風が吹けば桶屋が儲かる式の笑い話はいつの世にも存在する。何年か前、町中で仕事に従事する人々が次々にキャッチボールの連鎖をひろげていくというSSKのコマーシャルが放映されたのを記憶にとどめている人もいるだろう。ドミノ倒しを典型に、意外な連鎖が拡がっていく様は展開と解放の感覚とともに視覚的快楽を生み出す。閨閥図や流派の概略図から、為替レートのチャートや花粉飛散量のグラフまで連鎖の視覚的表現は枚挙にいとまがない。人間は過程（プロセス）を喜ぶ感覚を持っているのである。松田はこれをプロセシズムと呼び、歴史的な視点を導入する。

十九世紀末、エティエンヌ・ジュール・マレーのクロノフォトグラフィ（時間写真）やエドワード・マイブリッジの連続写真が現れ、「運動の視覚化」がテーマとして浮上してきた。プロセスに対する意識は高まり、もうそこまできていた映画誕生の起爆剤と、そして二十世紀前半の美術運動の引き金となった。「映画＝movie」には、文字通り「運動＝move」が封じ込められていたのである。

映画という装置の誕生した十九世紀末から二十世紀初頭という時代を「プロセス」という概念に注目してとらえる視点はおもしろい。松田が『眼の冒険』のあちこちで実例とともに説明しているように、人間には一見ランダムな集合に意味を見出し、形を与えてしまう本能がある。そのもっともわかりやすい現れのひとつは「近接した点を線として認識してしまう特性」である（六八）。点を線として認識してしまう思考とは、まさに映像的なものだ。点々と散逸するノイズをプロセスとして連続させる能力は、静止した画像から運動を生み出してしまう運動化の本能とパラレルだろう。こうした傾向は、もちろん人間の普遍的な生理的事実に根ざしているのだが、ある時代にそれが技術の発達に乗る形で過剰に研ぎ澄まされた。

しかし、それでもなお我々は、それ以前の感覚を失うわけではない。静止画を連続と錯覚する能力を持つ一方で、それでもなおそれが錯覚であるとわかることもできる。この「それでもなお」のところにもう少しこだわってみたい。

マンガは映画ではない

すでに述べたように映像のスローモーションは動きそのものを聖なるものとして祭り上げ、ある種の抒情性とともにその貴重さに焦点をあてることができる。「ここだ」とばかりに運動に目を引きつけるのがその主要な機能なのである。これはストーリーも何もない動く映像が、ただ映されることの快楽に拠っていた初期の映画の歴史を彷彿とさせるだろう。そもそも映画の快楽は「動き」そのものにあった。スローモーションが動きを動きとして目立たせるとき――それはつまり運動を時間的にクローズアップするということなのだが――そこには運動に対するフェティッシュな視線が呼び覚まされているだろう。

しかし、スローモーションの今ひとつの重要な機能は、動きを本来の自然さからずらして見せることでもあった。スローモーション的な焦点化には、動きをよりよく見よう、より精緻に観察しようという衝動が伴っているが、それは動きを寸断して分解し、動きの秘部をのぞきこもうとする仕草でもある。第一章で取り上げたマレーの例が示すように、こうした凝視のポーズが徹底されれば、得られた画像は運動そのものからはかけ離れていく。

スローモーションのはらむこの逆説性は、我々が何らかのメディアを通して運動を表現しようとする際に、その根本部分にあるものを明らかにしてくれるのではないだろうか。そもそも我々は動くものが好きだ。動くものを見ると、興奮したり、感動したり、驚いたり、場合によってはそれを出発点に物を考えたり、単にすっきりしたりする。では、運動を表現するとなるとどうだろう。写真であれ、映像であれ、絵画であれ、運動の描写について用いられる賛辞は多くの場合、「スピード感にあふれている」とか「ダイナミックな躍動性に満ちている」といったものである。当然のようにして、その表現が運動と似ていることが強調される。しかし、そのミメティックな機能をそれほど称揚するのは、まさにそれらのメディアが運動ならざる要素に満たされているからでもある。運動ではないのに、運動と似てしまうことこそが感動的なのである。

　そこにはむろん技術的な達成感もあるかもしれないが、それだけではない。こうした感動を通して我々は、例の「それでもなお」の感覚を反復しているのである。先に、我々は静止画を連続と錯覚する能力を持つ一方で、それでもなおそれが錯覚だとわかっていることができる、と述べた。この「それでもなお」が反映するのは、心と身体をめぐる二律背反である。「動いた」と思ってしまう感覚には、運動の運動らしさに身体的に反応してしまいつつも、「これは運動そのものではないのだ」と心の中で認識しつづける人間のあり方が表れている。心と身体のずれに発する乖離の感覚こそがそこでは痛切なのであり、また愉快でもある。

　静止画の連続を動きと錯覚すると同時に、その静止性を認識しつづけるという芸当は、とりわけマンガというメディアでは重要だ。絵巻をはじめマンガ的なものは日本にも以前からあったが、

図 8　『新宝島』（講談社刊）p. 12、p. 13

近代マンガの基礎を築いたと言われる手塚治虫が映画的な手法を貪欲に取り入れて確立したのは、運動を運動として示し、なおかつその錯覚らしさに注目が集まるようにするという方法だった。その画期を築いたといわれる『新宝島』（一九四七）の有名な冒頭部分を引用してみよう（図8）。たしかに手塚の作品には際立ったスピード感がある。竹内一郎の言い方を借りれば、「絵が単純化されており、一コマにこめられた情報が少ないために、読者はテンポよく次々にページをめくる心地よさがある。テンポのよいドラマと併走する感覚が読者にある」(一三二)。手塚が映画を愛しその方法を取り入れたおかげで、そのマンガは「映画を観ているような『時間の流れ』で読むことができる」ものとなったと言われる所以である。[3]

しかしそれでは、マンガというメディアの独自性はどこにあるのだろうか。手塚の役割がどうであれ、マンガが映画の模倣からメディアとしての可能性を大きく広げたとして、なぜそうして変化していきながらもマンガはマンガであり続けねばならなかったのか。「漫画には漫画に独自の説話行為のあり方が存在している」と強調する四方田犬彦は、次のようにその時間の扱いを例にあげている。

たとえば漫画のなかに流れている時間はけっしてわれわれが日常的に体験している時間でもなければ、演劇や映画の時間とも異なっている。コマの絵柄を追う時間。風船(吹き出し)の位置と順序を見定める時間。風船の内側の文章を読む時間。次のコマを探し、そこへ移る時間。一画面のなかのコマを視線で走査し終わったのちに、全体を画面として統轄する思考の時間。見落としたコマ、読み落とした風船に戻ったり、好きなだけ繰り返し同じコマ、同じ風船に視線を留めるための時間……。書きだしていけば際限がないが、時間にして八分の一秒とか、十秒とか、さまざまな長さとレヴェルをもった時間が幾層にも絡み合い、重ねあわさり、連結しあって、漫画の時間を全体として構成している。それは描かれている物語のなかで人物たちが体験するはずの時間とは、根本的に次元を異にしている。（四二）

四方田がここで時間に焦点をあててマンガの独自性を説明しているのは偶然ではない。映画の手法を取り入れたマンガが、日本独特のアニメなどをも生みながらも映画そのものには吸収されず、依然として表現としての有効性を保っているのは、何よりもその時間との関わり合いの独特さゆえではないかと思われる。

近年急速に活況を呈してきた感のあるマンガ批評だが、そのおそらくもっとも重要なトピックのひとつは、「コマ割り」である。「コマ割り」という用語は現在では業界外の人間にも知られるようになったが、そこには若干の混乱がある。伊藤剛はマンガの「コマ」をめぐっては「コマ構成」（紙面をレイアウト的にコマに分割すること）、「コマ展開」（コマを連続したものにみせること）、「コマ割り」（コマ構成とコマ展開とをあわせ、セリフなどの下案をも含む）といった区別をする必要があることを示した上で（一六〇）、マンガの技法書などで現在の「コマ割り」という用語が定着したのが一九六〇年代後半以降であったのではないかと推論している（一九二）。

「コマ割り」は、本来連続してはいないものを連続しているものに見せるための技術である。

それはマンガの時間制の根幹にも関わる制度であり、だからこそ、「コマ割り」へのこだわりは制作現場や受容者の実感ともリンクすることになる。布施英利はマンガ業界でもっとも重視されるのが、絵の巧拙であるよりも「コマ割り」だというエピソードを紹介したうえで、次のように言う。

しばしば文章を読む極意は、その「行間」を読み取ることにある、と言われる。その言い方にならえば、マンガでは、描かれた画面ではなく、コマとコマの間にある、いわば「コマ間」を読み取ることが肝心だ。画面には「ないもの」が見えたとき、マンガが分かり、笑えたり、ハラハラしたり、マンガの世界を堪能できる。（六四）

布施の言う「コマ間」という感覚は、四方田がマンガ独特の複層的な時間と呼ぶものに通ずるような得も言われぬ体験を指すといえるだろう。それは小説家の「文体」にも喩えられるような、作家固有の刻印を示す。以下は中島徳博へのインタビューの中で言及された「少年ジャンプ」編集者・後藤広喜の発言である。

小説家には「文体」っていうのがある。それと同じようにマンガ家には「コマ割り」があっ

て、これは編集者であろうが評論家であろうが、絶対に真似はできん。(伊藤　一五六)

マンガの文体に相当するのが「コマ割り」だという意見には、実作の現場にかかわっている編集者ならではの説得力がある。ただ、こうした見方をいたずらに神秘化させれば、単に読者の自由や感受性を強調する印象批評に陥る危険もある。

マンガにおけるコマの連続性の問題についてより分析的に語るにはどうしたらいいのか。竹内オサムは「どのような仕組みで、ぼくたちは飛び離れたコマどうしを結びつけて知覚するのだろう」というきわめて素朴な問いを立てたうえで、「一見無関係な事象をも関連づけてしまう」人間の本能がそこに介在していることを確認する——例のプロセシズムである(一五二)。文章ならばそうした個別の事象を「である」とか「だろう」といった繫辞がむすぶわけだが、映像やマンガの場合はそうはいかない。かわりに「ある秩序にそった画面の連鎖によって受け手に判断を促す。このことを逆に言うなら、マンガのコマには、あらかじめ連続性を保証する仕掛けがほどこされているということでもある」という(一五四)。

この「連続性を保証する仕掛け」を「同一化」という概念に則して検分していく竹内の手さばきは見事である。基本にあるのは、「同じ図柄が隣りあうコマに描かれていれば、連続性は保証される」という原則だが、実際の連続はもっと複雑である。竹内は「のらくろ」などを主要な例

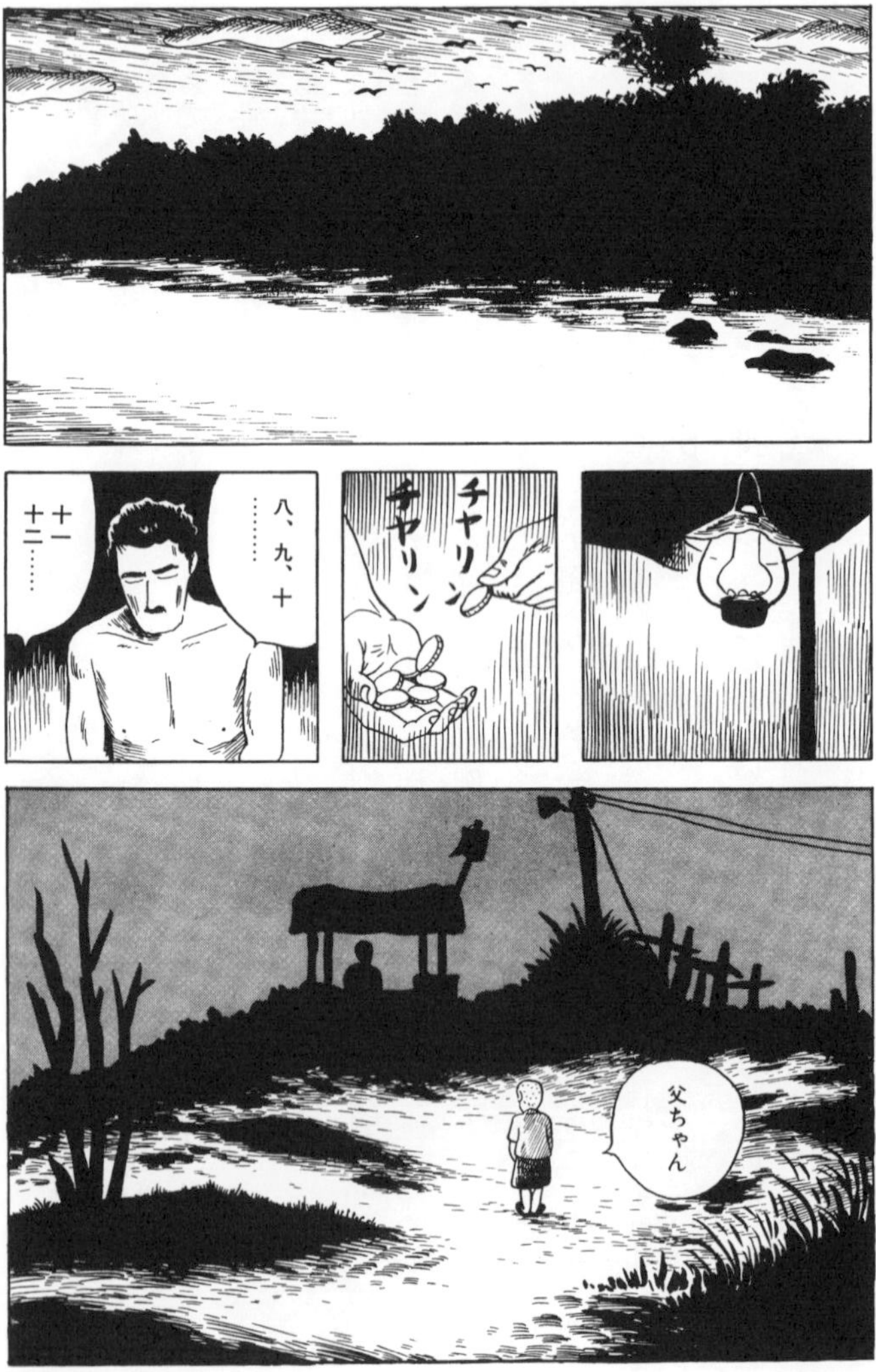

図 9(1)　©つげ義春『無能の人』(1985) より

図 9(2)

にあげながら、戦前においては「空間優位」のコマ割りがなされていたとする。コマ割りは、空間状況をきちんと伝えることに眼目があった。これに対し、映画の影響を受けたとされる手塚マンガは「動作優位」になる。アクションの因果関係を伝えることにコマ割りの比重が移る。そしてもうひとつが「心理優位」のコマ割り。たいへん興味深い分析である。とくに心理を構成原理としたコマ割りという視点を持ってくると、必ずしも時間的に説明のつかない図版9のような描写におけるコマ割りについて明確な根拠を示すことが出来るだろう。ここではコマからコマへというつながりが時間の流れや空間的な付置を表すわけではない。動作の連続や因果関係とも無縁。にも関わらず我々は何となくそこに一貫性や必然性があると感ずる。それはコマ同士のつながりにおける論理性の希薄さそのものが、感情の流入を助長するからである。外の世界の関係性が絶たれたおかげで、まるで外界から孤絶し浮遊するかのようにして、内面の過剰さがぽっかりと浮き上がって見えるのである。

こう考えてくると、映画とマンガの共通性を強調したときに我々が見逃してしまうひとつの重要なポイントがはっきり見えてくる。映画の中に流れる時間はむろん映写にかかる時間とは一致しない。百年の時間を九十分の枠で表現することは可能である。ただ、映画の中に我々が実感する運動とその速度は、フィルムそのものの回転速度、つまり映し出されるコマ数とかかわらざるを得ない。これに対しマンガの場合、一見、映画におけるフィルムのコマとの類縁がありそうでいて、速度や時間表現という点についていえば、まったく原理が異なっている。時間経過がコマ数と比例するわけでもないし、単位あたり（たとえば一頁あたり）のコマ数の操作によってスローモーションやファーストモーションといった動きが表現されるわけでもない。そもそもコマからコマへと移行することが、時間や速度の経過を表すとは限らないのである。

マンガの時間表現は意外なほどコマからは自由なのである。竹内オサムは、読者の感じる「時間」がしばしば「セリフの長さ」に強く影響されることや、ひとコマ内に異なる時間を同時に描く「同図異時」という、もともと古来の絵物語で使われた技法が使用されていることにも触れているが、これらの事実はマンガのコマと映画フィルムのコマとの根本的な相違を示すだろう。四方田犬彦の指摘するように、マンガの速度はもともとスピード線と呼ばれる描線の使用によって表されてきたのだが、このスピード線が紋切型となるや、「あえてその徹底した排除によって新しい『現実らしさ』を演出する」ことにもなった。つまり、まったく正反対のものを含めたこうしたさまざまなスピードの表象を許すほどに、マンガにおける時間の流れは約束されたものではないのである（六六-七四）。

これはマンガにおいて、コマという装置そのものがそれほど約束されたものではないこととかかわっている。伊藤剛はマンガに関して「フレームの不確定性」というきわめて興味深い指摘を行っている。マンガにおける認識の単位は、必ずしもコマである必要はなく、場合によっては頁そのもの、もしくは見開きで構成されるふたつの頁がひとつの単位となることもあるというのである。

マンガでは「フレーム」は、厳密には「コマ」と「紙面」のどちらに属するものなのか、一義的に決定することができない。この不確定性こそが、マンガをマンガたらしめており、かつ「とらえにくさ」をもたらしている。さらにいえば、これが映画との決定的な差異なのである。そして、これまでのマンガ表現論が明言してこなかった特性である。（一九九一-二〇〇）

伊藤は実際に人物がコマを突き破るシーンを実例としてあげ、突き破られた瞬間にコマが、それほど違和感なく画面であることをやめる証拠としている（図10）。

伊藤のこの指摘は、マンガのコマが本来的に暫定的なものであることを示すように思える。コマという枠はあくまで仮に引かれたものにすぎず、我々はそれを理解の助けとして大いに利用するものの、いつでもそれを放棄する準備をしてもいる。手塚治虫のマンガは変身場面の多いことでも知られるが、石上三登志がそこに潜む両性具有的なエロティシズムについて質問すると、手塚自身は次のように説明した。

図 10　伊藤剛『テヅカ イズ デッド』p. 203（NTT 出版、2005）

エロチシズムということに関係なく、男にしても女にしてもメタモルフォーズがぼくの漫画のテーマになっているということなんですが、それが解釈によっては単に変身ものとされていたときもありますが、それだけではないんで、もっと極端にいうとぼくは静止しているものというのはすごく恐くていらいらしちゃう。常に動いていて、ある形からある形へと移動していないとぼくは不安なんです。三次元的でも二次元的でもいいから、常に常態が変わり、存在理由も変わって、その都度それは納得するようなものであるという、そういう世界にぼくはすごくあこがれますね。（石上　二七〇）

手塚にとっての変身は「何かわからないが常に形が変わっている」ことだという。だから決定的な瞬間というのはなく、ただ「常に動いている楽しさみたいなもの」だけがあって、それが「動いているのが生きているのだという実感」にまでつながるという（二七二）。

手塚治虫のオブセッションめいた動きへの執着は、マンガ一般についてもかなりあてはまる傾向ではないだろうか。モデルのデフォルメにはじまり、いったん設定した人物たちを状況に応じて思うがままに変貌させるところには、変化を貪欲に開拓するマンガの真骨頂がある。マンガにおいては、変化することが常態なのである。

極限すれば、手塚以降のマンガの世界の基底にあるのは、「何かがすでに、そして常に、動いている」という感覚なのかもしれない。運動はあらかじめあるのである。それを仮に頁で切り、コマで切っていく。これはあくまで仮のものだから、我々は逸脱をどんどん許容する。時間表現は二の次である。運動が時間に制約される、というのはマンガの外にある世界の感覚にすぎない。マンガにおいて運動は時間から独立して存在しており、時間はプロットや運動を理解する助けとして参照されるにすぎない。

マンガ的視線の法則

そうした流動的な世界においてマンガがめざすのが、動きを解放し、豊饒なる運動のエネルギーに酔いしれることであるのは疑いない。ただ、コマ割りの重要なリズムを構成するのは、図11で示すように「じゃ〜ん」とばかりに眼の止まる瞬間を設けることでもある。岡崎京子の『リバーズ・エッジ』は随所にアイロニーやショックのちりばめられた作品で、このように叙情的な陶酔感や安心感が冷たく寸断されるリズムこそが作品の骨格を成しているのである。同様に、アクションを中心に描くマンガにおいても「動作のピーク」を示す重要なコマとしての「決めゴマ」と、その効果を高めるために周囲に散らされる「捨てゴマ」との対比は重要である(図12)。夏

図 11(1)
©岡崎京子／宝島社

図 11(2)

図 12(1)　©ちばあきお『キャプテン』第一巻（集英社文庫コミック版、1974）

図 12(2)　打撃の瞬間の「カキーン」と、周囲のコマとの対比が際立っている。

目房之介は独自の視点から、こうした運動の背後に「圧縮」と「開放」の往還運動があると指摘している。「コマの大きさ、形、またその変化によって圧縮や開放という落差が生まれ、それがマンガの面白さをつくる効果になっている」との見方である（一四七）。[4] どうやらマンガの運動には、ひとつの落ち着き所に向かって収束する傾向があるらしい。これはコマよりも大きい頁という単位が、背後から緩やかに全体を統合するからこそ可能になる仕組みでもある。

つまり運動の連鎖を、フレーム化という静止においてとらえるのもまた、マンガならではジェスチャーだということなのである。だから、マンガがいかにスピードを持つか、いかに動きを生み出すか、という視点にだけよりすぎると、マンガの重要な特質を取り逃すことになる。我々のマンガ的感動は、ギャグマンガにおけるいわゆる「おち」も含め、ひとつの静止したフレームの中に先行する動きが封じ込められるときに発生するのである。フレームがあらかじめ約束された規定のものではなく、たった今、そこで描き込まれたような、偶然的かつ創作的なものである方が良いのもそのためかもしれない。フレームが恣意的で束の間のものであればあるほど、運動を生け捕りにする快楽は増す。軟らかいものと固いものとの遭遇は、不意であるほうがインパクトが大きいのである。

そこに生ずるのは何かを一望の下にする、いわゆるパノラマの快楽にも似た視線の支配感だろう。マンガを読む視線は流動的でぐにゃぐにゃしている。マンガに描かれる対象も、カジュアルで、嘘っぽくて、かわいらしくて、軟体動物のように軟らかい、絶えず変化の可能性を示したものだ。読む側も読まれる側も運動の中に没入した軟らかい存在なのである。それをコマという固いフレームが軽快に、瞬間的に、裁く。

　コマ割りという制度は、マンガにおけるこの軟らかい運動感と不即不離なのである。四方田が「コマの絵柄を追う時間。風船（吹き出し）の位置と順序を見定める時間。風船の内側の文章を読む時間。次のコマを探し、そこへ移る時間……」という風に複数の時間と意味生成の場を列挙したのは、マンガを読む者の視線が常にゆっくりとさまよっているからである。マンガを読む眼が備えるのはおそらく、「自由な視線」ではなく「彷徨する視線」なのだ。そこでは、対象を前に躊躇したり、ずれたり、迷ったりする「遅さ」こそが肝心なのである。たとえマンガであっても、意味というものは楽天的な恣意性とともに経験されうるものではなく、対象との間に生ずる「これはいったい正しいのか、どうか」という絶えざる緊張感の中でこそ形成される。そうでなければ、それは「意味のある意味」にはなりえない。

　彷徨う視線の持つ、柔らかさ、緩さ。それは場合によっては不安感の表現に適しているかもしれないし、ユーモアや優しさにつながることもある。不安ではなく、平安を表すこともあるだろう。さらには、期待された彷徨が抑圧されることによる、過剰な視線の拘束感、そこからくる緊張や暴力性なども表しうる。マンガ史を概観すると、戦前のマンガから、手塚治虫による技法の開拓、そして六十年代の劇画、七十年代の少女マンガという流行の推移が見られるが、夏目房之介はそうした変化の過程でマンガのコマ構成はだんだんと頁単位の空間機能に依存するようになり、コマの重層性やコマ間の空白が表現されるようになったと分析している。ある独特な気分がそこには生じたのである。

これらの手法の効果は、時間の感覚を中和させてしまい、非常に微妙な気分、軽い浮遊感のようなニュアンスを強調するものだということでしょう。きわめて主観的な情緒、それも一種の酩酊状態のような曖昧な感じを表現するときに効果を発揮します。これは七十年代以降の時代の気分と無縁ではないでしょう。(一六六)

夏目の言うこの「酩酊状態」は、彷徨う視線のある到達点だとも言える。コマ割りとはこうした彷徨を、決して圧殺することなく上手に泳がすための技術に他ならない。コマからコマへの連続は放っておいてもなされてしまう。必要なのは方向付けなのである。七十年代以降のマンガにこうした傾向が生まれたとしたら、彷徨う視線の中にある浮遊性が時代の空気を映してより鮮明に現れるようになったためだろう。

動きを動きとして錯覚しつつも、頭のどこかで根本にある静止性をとらえ続けているという我々の不思議な能力は、マンガとはとりわけ相性がいい。マンガの動きはスピードであるよりも、流動性である。コマからコマをとめどなく追い、あるときは文字を読み、あるときは絵を読み、上下左右へとせわしなく動く視線。止まりそうで止まらない感覚なのである。意味は浮かんでは消え、ぼんやりと忘れ去られていく。考えてみると、映像のスローモーションにもこうした「やわらかさ」や「ゆるさ」は見て取れる。動きを畏怖しつつも疑うというスローモーション的な視線は、マンガと同じように、静と動、心と身体、懐疑と信仰といった二律背反を背負いこみ、さまざまな境界侵犯をおかしているのである。マンガにせよ、スローモーションにせよ、こうしてスピードならざる「流動」こそがその運動の特質となるとき、あらためて我々は静と動の、また死と生の狭間に迷いこむ機会を得るのである。

3　ダンサーがゆっくり踊る理由

いかに舞踊を語るか

舞踊を語る言葉は、華やかで観念的だ。実践的であるはずのダンサー自身の言葉もときとして容易に観念の世界に踏みこむ。

踊っているとき、ふと思うことがある。これは、たった一人で死んでいくためのレッスンではないだろうかと。動き呼吸するからだに隣り合って、動かず呼吸しないからだがいて、丸ごとひとりの私がいる。

（山田せつ子　七〇）

舞踊を語る言葉には頻繁に死、心、生命、存在、宇宙といった大きな概念が登場する。日本のモダンダンス黎明期に活躍した舞踊家のひとり津田信敏は「近代舞踊（モデルネ・タンツ）とは一言にしていって、心の舞踊である」とした上で、次のように言った。

近代舞踊においては、肉体は我々の心を表現する一つの素材として取り扱われる。近代舞踊はこの五体を一つの言葉として、我々の思想を、生命を、心を具現しようとしている。

（国吉　一七四）

モダンダンスには言葉に対するアンチテーゼとしての位置が与えられてきた。それを語る言葉も、舞踊の中に言葉のような振る舞いを見出そうとしてきた。舞踊には、言葉に対抗し、言語を越えさえするような雄弁さが期待され、課されてきたのである。踊りは人類の誕生以来のものであり、言葉と同じくらいの歴史を持つとされ、たとえばインターネットをはじめとするさまざまなメディアが人間の疎外に結びつくとされる中にあって、生死への意識を高め、自由を実感させるいわば人間回帰の芸術として、華やかな観念性とともにその価値が喧伝されてきた。舞踊は「生きているということを深く感じさせ、そしてその生きているということは、いずれ死に直面するだろうということによって鮮明になるのだということを感じさせるのです。そのことの理不尽さをも含めて生きているんだということ、そしてそれでいいんだと感じさせる、そういう瞬間を与えるのが舞踊だということです」（三浦雅士　二四六）といった見方は、今世紀になってやっと「芸術」

として認められるようになった舞踊という表現手段の、その圧倒的な古さにこそ拠ることで、言語が失った何かにあらためて立ち戻ろうとする志向を反映している。

そうした探求が、たえざる否定と更新の欲望とパラレルになるのも不思議ではないだろう。コンテンポラリーダンスの中でもフォーサイスのような演出家の作品は、しばしば「ダンスを越えた」といった形容で語られる。

どの作品においても、『ダンス』は限りなく消滅している。根底にあるのは、中心を欠き、どこにも到達できない存在のゆらぎである。安定に抗い、身体を臨界点に追い込むまでの技術の探求。それが未踏の領域に踏み込むことを可能にしている。（石井達郎）

圧倒的な古さを根拠としつつも、同時に飽くなき新しさへの追求にも突き動かされている、それが現代の舞踊のエネルギーを支える魅力なのである。

ただ、立てられる問題自体は必ずしも目新しいものではない。舞踊を語る言説は、心と身体、存在と無、秩序と混沌、理性と狂気、闇と光といった二項対立を土台にしつつ、最後は結局、理念で押す、というパタンになりやすい。だから、ふと冷静になってみると、こうした評言がひどく曖昧模糊としたものにも見えてくる。いったん舞踊のコンテクストを離れたなら、通用しないかもしれないような、舞踊ならではのイノセントな言葉。それは舞踊に対する強い信頼のようなものに裏打ちされている。いや、裏打ちされざるを得ないといった方がいい。肯定的であろうとする批評の言葉に、我々はどこか嘘っぽさを感じてしまうから。

そもそも舞踊は否定形で語るのが難しいジャンルなのだ。言語表現の否応なく持つ間接性やメディア性を拒絶し、「それ自体」であることを武器にしようとした二十世紀の舞踊は、隠された物を暴き、見苦しいものや禁止されたものをあえて露出することで表現を達成しようとしてきた。舞踊を語る言葉は、舞踊と同じようにそうした「それ自体」へ向けた欲求を追いかけようとする。従って、どこかで嘘をついてでも、「全身」とか「存在」とか「宇宙」といった、全肯定の言葉に寄りかからざるを得なくなる。

舞踊と舞踊語りのこうした共生関係の中で、「ゆっくり」はどのようにとらえられるべきなのか、というのが本章の中心テーマである。舞踏が臆せず表現するマイナス要因の中でも、「ゆっくり」はおそらくもっとも際立ったものである。舞踏を語る言葉はそれをいかにして理解し、解釈し、語ることができるのか。何人かのダンサーの「ゆっくり」を具体例としてとりあげながら考えてみたい。

熱狂を探す 『談』編集長のブログ

全肯定の最後の到達点は、陶酔、忘我、至福、超越、熱狂といった段階となる。古来ダンスは、熱狂にもっともふさわしい形式であった。現在でも多くの舞踊作品は、どこかの段階で熱狂を演出することで成立することが多い。舞踊を語る言葉は、そうした熱狂とどうつき合うかがポイントとなる。このことを考えるのに、ちょうど良い例がある。雑誌『談』の編集長によるブログ中のダンス評なのだが、そこで俎上にのせられるのは、露出による肯定を目指したダンス作品である。ダンサーに対する評者の反応は、たいへん冷めたものである。少し長くなるが、作品そのものの方向を含めて参考になるので引用する。

佐藤麻耶（妹）がひさしぶりに踊るというので阿佐ヶ谷の「よるのひるね」に行った。その日最初の出し物が小原由紀さんの「由紀人魚姫」というパフォーマンスだった。からだに血痕のついた包帯をぐるぐるに巻いた彼女は、バラをむしゃむしゃ食べたあとに、その包帯をはさみできりきざみ半裸になる。おもむろにくまのぬいぐるみを取り出し、おなかをカッターできりさくと内臓（もどき）がでてくる。肛門から排泄物（もどき）を絞り出す。次に自らの腕に注射針を刺して、太い注射器に血液を集める。テーブルの上の皿におかれた茹で卵の上にそれらをソースのようにかけて、彼女はそれを食べてしまった。さらに、スペルマを思わせる白濁の液体がつまったビニール袋を破ってそれを飲みほしたあと、卵が残っている皿にまたがって、排せつ行為（もどきだと思う）をした。という三十分ほどのパフォーマンス。

（二〇〇五年五月二〇日）

出血、排泄、解剖、食事、性。いずれもプライベートな部分の露出による表現の追求である。身体にはさまざまな「内側」がつきまとう。物理的な内側としての皮下組織や内臓、社会的な内側としての局部、外部との交流を果たす内側としての口や泌尿器。現代の舞踊ではこうした部分にスポットがあてられることがしばしばある。たとえば田中泯の舞踏では必ず「脱ぐ」シーンがあるが、それは象徴的な意味での内部の露出や解放の機能を果たしているとも言える。脱ぐのが若い女性ではなく、老いた男性であれば、その象徴性はより高まる。

さて、このブログの書き手はこのパフォーマンスについて、次のような苦言を呈する。

まぁ、マダムエドワルダをやってみたい気持ちもわからぬでもないが、ぼくの眼には趣味の悪い演芸にしか見えなかった。身体を使えば（簡単に使えてしまえるので）とりあえず表現になる。もしも彼女が、そう考えているのであればそれはまったくの誤解である。身体のなしうる行為が、身体の生み出した行為だという証拠などじつはどこにもないのだ。自分の身体は、本当に自分の身体なのか。食べる、消化する、排せつするという一連の生命の行為は、身体に特権的なものである。しかし、それは、身体が生み出す行為ではない。身体行為の結果にすぎない。

「身体の生み出す行為」を「身体行為の結果」と区別することで評者が強調したいのは、表現のメディアとしての身体が、特別な経路を経て獲得されねばならないということである。原点にたちもどり、ゼロな部分を露出するためには、単にあるがままを行うだけでは足りない。そこで参照されるのが土方巽の舞踏である。

土方巽の舞踏の何がすごかったのか。その身体には、行為というものの痕跡がまったくなかったのだ。舞台に投げ出された身体は、行為を完全に欠いた骸でしかなかった。だから舞台で突然生きた鶏をさばいたとしても、それは人間のなしうる行為ではなく、おぞましさとは無縁の単なる供儀でしかない。しかし、そうであるからこそ、身体はそこに「在る」ことができる。身体をつかってパフォーマンスをするなら、まず行為を捨てることだ。行為を捨てて、払拭して、それでもそこに残るもの、そこから身体は始まる。土方巽が亡くなってから何年経ったのだろうか。未だに、骸でしかない身体を自覚させてくれる舞踏に出会えないのはなんとも残念なことだ。

なぜ土方がすごく、小原がすごくないのかといえば、土方は行為を捨てることできた、そして行為を捨てることで、骸となった身体がそこに「在る」ということをあらためて観客に突きつけることができた、というのである。評者は小原のパフォーマンスに、ごくふつうの意味で熱狂しなかったようだが、一方、骸となった身体を舞台に投げ出した土方の舞踏には十分に熱狂した。

ここでもまた、最後は「行為を捨てる」とか「在る」といった、たいへん抽象的な言葉で決着がつけられるので、分析や理屈としてではなく、実感をたよりに理解するほかはない。土方の舞台を――たとえそれが映像であったとしても――目にしたことのない人にとっては追体験するのが困難な描写かもしれないが、少なくとも、身体が身体でなくなってはじめて身体表現が可能なのだ、というメッセージは読めるだろう。詩の言葉が日常言語をずらし、異化することによってはじめて生まれるものだ、というテーゼが思い出されもする。一方には、身体を解放し宇宙と身体との交感をうながす、という肯定と熱狂の思想があるのだが、他方、身体をずらし、異化し、身体でないものとして何かを表現させるという身体否定とも思える考えが提示されてもいる。

こうした舞台批判を通してはっきりするのは、舞踊を語る者が熱狂と格闘しながら言葉を紡ぎ出していく中で、いかに身体を停止させるのか、という問題が必然的にからんでくるということである。土方が「すごい」のは、身体を露出しつつも、身体ならざるものを生みだしていったからだとすると、熱狂といういわば身体の全肯定をめざすことと、身体の否定とは表裏一体の関係にあると言えそうである。

実はこのブログには続きがある。上記の評を受けて、「とよべーさん」という人物から、つぎのような書きこみがあった。

昔、勅使川原三郎の踊り(?)を見て、脳性マヒの人の動きと似ているなと思ったことがあります。(たぶんそのことはどなたかが書かれているかもしれません。)バレーは重力への挑戦と言いますから、彼の踊りが重力との闘いである脳性マヒの人の身体の動きと似ているのは当たり前かもしれません。というか、逆に、彼の踊りから脳性マヒの人が重力と闘っているということを実感したものでした。

なぜ舞踊が病を模倣するのか。これはまったく正当な問いかけである。たしかに舞踏やコンテンポラリーダンスの身体の動きは、「病」を彷彿とさせるような、捻れ、ゆがみ、麻痺、痙攣などから構成されることが多い。羊屋白玉は自分でも扱いかねるような違和感のある身体を「持ち腐れた身体」として表現しようとするが、そうした腐っていくかのような身体の重たさ、不自由さ、違和感などを通して身体の停止を演出し、いわば仮死を起点に身体ならざるものの領域に踏み込んでいくというステップは土方的な舞踏にも通ずるものに違いない。
このコメントに対する返答として、評者は勅使川原の「Luminous」をとりあげる。全盲の青年を起用し話題になった作品である。

勅使川原三郎さんが「Luminous」という演目で、先天盲のダンサー・スチュワート・ジャクソンさんとデュエットしたのを御覧になりましたか。第二部の最後勅使川原さんのソロのあとに登場するのですが、これがまったくもって奇々怪々なダンスだったのです。スチュワートさんの動きは、正直にいってダンスには見えませんでした。へんてこな動きなどと言っては失礼かもしれませんが、愚鈍さまるだしのでくの坊状態でした。その横で身体を痙攣させて踊る勅使川原さん、スキル、感性、表現、どの点においてもスチュワートさんのそれより、上回っていました。しかし、しかしなのです。どっちにぼくは感動したかと言えば、スチュワートさんの身体の方だったんです。

筆者もこの舞台を観たが、スチュワートと勅使川原のどちらに軍配をあげるかというのは、微妙な問題であろう。たしかに筆者もスチュワートの「へんてこな動き」にたいへん感動はしたが、だからといってスチュワートの「愚鈍」な身体が、勅使川原の鍛えられたダンスする身体よりも勝っていたと単純に言えるとは限らない。軟体動物のような動きをしたスチュワートを生かしたのは、まさに勅使川原の硬質な動きだったのかもしれない。

しかし、評者の議論はある意味で非常にダンス的な言説だと言える。ダンスはダンスの否定によってこそ感動の、熱狂の域に達する。身体の追求ではなく、身体の否定、停止、死を通してこそ、身体は表現力を獲得する。冒頭の引用にもあげたように、石井達郎はフォーサイス作品を評して「『ダンス』は限りなく消滅している」とし、また「根底にあるのは、中心を欠き、どこにも到達できない存在のゆらぎである」と述べたが、そこにあるのは、存在そのものをとらえたいという欲望である。存在が「どこにも到達できない」からこそ、その「ゆらぎ」が、その「病」が、際立つ。ブログの評者にもまた同じような、「どこにも到達できない」身体への強烈な憧れがある。

ぼくは彼（=スチュワート）の身体にくぎづけになってしまった。それはダンスなんかじゃないし、もちろん、舞踏でもない。でも、舞台に放り出されたその身体は、一切の表現とは無縁の純真無垢な身体そのものだった。私はここにいるよ、ここに踏っているよ、重力のままに、ここにこうして「在る」だけだよ。彼は、そう言おうとしているように、ほんとうに舞台の上に、ただ踏ち続けていたのです。土方巽が発見したのは、おそらくこの「踏っているだけ」という身体のありようだったのではないでしょうか。そこにそうして「在る」だけという身体。しかし、これほど不思議なことはありません。なぜってそこにあるのは、ぼく自身と同じ身体にすぎないのですから。

小原由紀のパフォーマンスについてまったく冷めたままであった評者の言葉は、ここへ来て完全に熱狂の言説へと変貌を遂げている。「在る」ということに力点を置く思考の方法は、実存主義のそれに限りなく近いが、注目したいのは、言論や哲学の世界においてもはやそれほど純真無垢に語られることのなくなった存在の「純真さ」に向けた憧憬のまなざしが、ダンス的言説においては「純真無垢な身体そのものだった」といった風に、まったくイノセントに使われうるということなのである。

病んだ身体の表現力　土方巽の短い方の足

土方の舞踏にもまた「病」はつきものであった。種村季弘は「土方巽を語る」という講演の中で、土方の舞踏の「ねじれ」について次のように語っている。土方が谷川俊太郎の「種子」をもとにソロで発芽する踊りを試みたときのことである。

それがモダンダンスだったら、ストレートに発芽の描写というか模倣というかをやるのですが、どうもそうじゃない。素直に発芽するのではなくて、発芽しない、したくない、という方向も同時に表現している。あることを表現するんだけれども、その表現とは逆の、逆方向の表現も同時にする。そのために、体が絡んでねじれているような、そういう印象を受けたわけです。（一四）

これに関連して種村は、土方がエゴン・シーレとかフランシス・ベーコンといった、肉体をねじらせて描く画家の作品を集め、舞踏譜の参考にしていたことにも触れている。土方にはねじれた身体への思い入れがあった。それはおそらく彼自身の身体にあった、左右の脚の長さが五センチ違うという歪みとも関連していたのだ。土方の踊りはこの歪みにこそ発祥していた、というのが種村の見方である。

それは秋田の工業学校時代にラグビーをやっていて、上から飛び下りた時に骨折したか何かでそうなったらしい。土方さんというのは、写真で見るとすごく逞しいように見えるけれども、ぼくらも付き合ってわかったんですが、足なんかむしろ華奢なんですね(中略)びっこというほどではないんでしょうが、とにかく片足が短い。そういえば五体満足な人は、踊る必要はないわけですね。まっすぐに歩いていればいいんですから。踊るということは、「歩く以外の何か」なんですね。(三三)

種村も伝聞で聞いたことだから、どこまで信頼のおける情報かはわからないが、土方の神秘的な舞踏の出発点に「ラグビーでの怪我」という、まったく俗世間的で健康的ですらある身体の故障がからんでいたというのはたいへん興味深い。土方の「病」は、わかるかわからないかという微妙なものであり、その事実関係すらが半ば隠蔽されているが、その痕跡としての「五センチ」が彼の捻れを生んでいたかもしれないのである。

種村は土方の舞踏のよじれを、次のようにフロイト的な枠組みの中で説明してみせる。フロイト理論でいうところの第一次ナルシシズムにおいては、誰もが生まれてすぐならではの「全能感」を享受している。ほんとうは親に守られているだけなのだが、まるで自分が空をも飛べるかのような錯覚にとらわれている。しかし、ある日、親の助けなしには何もできないことを悟り、大きな挫折を味わう。そこではじめて人は「実存」の中に投げ込まれ、ずたずたになってもがくことになる。第一次ナルシシズムにおいて純粋無垢だった意識は、この格闘の中で捻れを体験し、苦しむのである。しかし、このねじれがあればこそ、よじれの彼方へ、という衝動が生まれる。意識を介在させた第二次ナルシシズムへと至ろうとする。舞踏とはこうして、「捻れの構造」をよく把握することで、自分の力でそのハイな状態をつくりだそうとするものだと種村はいう。

第二次ナルシシズムはそこへ到達すれば不壊《ふえ》なるものとしてのナルシシズムですね。要するに踊りの名人というのはそれです。絶対に型が崩れないで、だから当人も、それからそれを見ている人にも、ある種の脳内物質をバッと解除するようなもの。それが出てくるのが踊っている醍醐味だし、踊りを共体験している醍醐味ですね。（四〇）

よじれているから、病を抱え傷を負った身体として「負」の要因を抱えこんでいるからこそ、逆に人工的に「正」を、肯定を、快楽と熱狂をつくり出すという契機が生ずる。

これは「ゆっくり」ではない　ダンス白州の正朔と竹内登志子

病の身体がこうして全肯定や熱狂と結びついていくプロセスを考えるにあたって、スローモーションの問題は重要である。華麗なスピードとともに繰り広げられる身体の動きは、非常にわかりやすいスペクタルとして舞台上に熱狂の瞬間を作り上げることができるが、そこにはいつもゆっくりな身体がからんでいる。もちろん、それは速度を引き立てるためのコントラストであり、速さへと至るための準備である。しかし、そうした引き立て役以上の何かが「ゆっくり」には託されているようにも思える。

毎年夏、南アルプスの麓白州で、およそ一ヶ月にわたってダンス白州というフェスティバルが開かれる。竹の舞台、土の舞台、水の舞台といった、周囲の環境を取り入れた舞台が半径一～二キロの地域の中に点在し、ダンサーや観客は徒歩や自転車で移動しながら演目を消化していく。午前中、午後、夜とダンスやワークショップ、映画上映会などのプログラムが組まれ、定期的にダンス作品を題材にしたディスカッションの時間も設けられている。

筆者は二〇〇四年の夏にこのディスカッションの講師を担当し、ダンサーの方々と話し合う機会を得た。そのとき筆者が観たのは正朔と竹内登志子というふたりのダンサーの作品だったが、前者はいわゆる舞踏系、後者はコンテンポラリーダンスの系統ということで、作風には明確な違いがあった。竹内のコンテンポラリーダンスは、クラシックバレエの訓練の名残りのあるもので、スウィングする身体が振り子のような曲線を描きつつ、徐々に躍動感をたかめていく過程に、踊る身体が日常的な身体を越えていく様子がはっきりした技術の感覚とともに表現されていた。竹内はディスカッションにおいても明晰で、何をするのか、何を目指しているのか、といったことについてたいへん意識的であることがよくわかった。

これに対し正朔の舞台は、舞踏系特有の眼差しを強烈に見せつけながら（一見、白目をむいているように見えるのだが、これは目を「吊っている」とのことで、つまり、眼球の位置を上にずらしているのである）、ねじれ、ゆがみ、もがき、這い、うめきをあげ、まるで精神的・物理的を問わず何かの病にとりつかれた者が苦悶に震えながら、死と格闘しているように見える踊りであった。実は筆者はこのときの正朔の作品は今ひとつぴんと来なくて、単なる「苦悶」の演技を観るような思いで鑑賞していたのだが、その一年以上後に観た「桜の森の満開の下」（二〇〇五年十二月二十三日　新宿　タイニイ・アリス）で、はじめて正朔の目指したものにめぐりあったような気がした。

オーラという言葉はわりに安易に使われることが多いが、そこで筆者が観たのは明らかにオーラと呼ぶしかないような、生の充溢とでも呼ぶべき踊りだった。タイニイという名の通り、三十人ほどの観客でいっぱいになる劇場の小さなステージで、顔中に白粉を塗った正朔は、強烈なスポットライトの中で顔面をゆがめ、天を仰ぎ、手を差し伸べながら何かを求めているように見える。終始、ぬかるみを行くようなスピード感の中で展開される踊りを観ているうちに、いつの間にかこちらもその緊張感に取り込まれている。ダンサーの身体は、苦悶とか至福といった感情を越えた、もっと多義的で非人称的な生のエネルギーを発生させ、染み出させ、次第に火がついたようになって、上方へと魂のように舞い上がっていく。

白州でのディスカッションで、筆者は正朔本人に彼の作品における徹底した「ゆっくり」の意味について訊いてみた。正朔は私がそのときに使った「スローモーション」という言葉にやや怪訝そうな顔をし、自分たちの踊りがもし「ゆっくり」であるとしても、それは速さと対立を為すようなゆっくりではないと言った。正朔がそのときに使ったのは、まさに私が一年後のタイニイ・アリスで実感することになる、生の重みとか、充溢という表現だった。

舞踏系の踊りにおけるゆっくりな動きは、速さと対照をなすものではない。ダンサーの身体ははじめから最後まで「ゆっくり」を全うし、低速度ならではの意味の地場の中で、水を伝わる波動のようにしてエネルギーを伝えてくる。それはしかと目で見て認知し、言葉でそれと定義できるような種類の体験ではなく、むしろぐにゃぐにゃした、非言語的な無定型の中にだけ発生するような、つかみ所のない表現なのである。

二〇〇四年夏の白州では一抹の懐疑とともに正朔の言葉を聞いた筆者は、タイニイ・アリスでの舞台で、ようやく彼の言う「ゆっくり」の意味に触れたように思った。こうした体験の揺れが正朔の踊りそのものの出来不出来と関わるのか、作品の問題なのか、あるいは筆者の受容姿勢に由来するものなのかははっきりしないが、少なくとも「ゆっくり」がゆっくりではなくなる場があるという正朔の説明には、時差があったとはいえ、完全に納得させられた。

スピードを殺す　勅使川原三郎のガラス

「ゆっくり」はたしかに速度の問題であり、さまざまな速さの中で相対的に生ずる感覚にはちがいない。しかし我々は、絶対的なものとしての「ゆっくり」をも感覚することができるのではないだろうか。

先のブログ上でのやり取りでは、「Luminous」における勅使川原三郎の、盲目のダンサーの「変てこな動き」に対しての相対的な劣性が話題になっていたが、二〇〇六年十二月に新国立劇場に上演された「ガラスノ牙」では、勅使川原自身によって彼が完成に導いたダンスの型を崩そうとする試みが見られた。勅使川原といえば、鍛え抜かれた身体によるスピードと無駄のない動き、ダイナミックなリズム感、硬質で、無機的で、凝縮された求心的な構成力が思い浮かぶ。見るからに美しく、攻撃的で、獰猛。しかし、明瞭で、安全で、心地よくもある。つまりコンテンポラリーダンスという前衛芸術がぎりぎりの地点までわかりやすくなったのが勅使川原のダンスなのである。そこに勅使川原個人の決して大柄とはいえない身体の発する重量感がからんでおり、他の誰によってもなしえない独特な、ここでもまたオーラという言葉を使いたくなるような磁力が作用しているのだが、勅使川原のしなやかな身体運動があまりにスペクタクル的であるために、我々はそこに「技術」ばかりを見てしまう恐れもある。別の言い方をすれば、我々は勅使川原の見えるものばかりを見てしまう危険がある。

「ガラスノ牙」はそのタイトルが示すようにガラスをモチーフに使った作品である。ステージに敷き詰められたガラスの上を、破片を砕き、面に足をとられ、つぶてを蹴り上げながら踊るシーンが要所々々に挿入されている。ガラスの無機質さはまさに勅使川原の原点にあるもので、彼のダンスとガラスという素材とのあまりの相性の良さに呆然とするほどである。しかし、一方で原点への回帰を示すこの作品の見所は、むしろ原点との決別であるのかもしれない。

「ガラスノ牙」は二部構成をとっている。前半は、複数のダンサーによる組み演技を含めて、クラシックバレーを遠く想起させるシステマティックな様式美に満ちている。冒頭をはじめとする勅使川原のソロダンスも、いかにも彼らしい、筋肉のしなやかさを存分に見せつけるスピード感で、「ああ、勅使川原を観たな」と観客を満足させるような、固有のトレードマークが明瞭に刻印された作りになっている。これに対し後半は、ベートーベンの後期弦楽四重奏を印象的に使った出だしから、終始スローテンポで進み、時折激しい動きを取り込みながらも、全体としては静けさのロマンティシズムでまとめている。技術そのものを否定する構成では決してないのだが、勅使川原らしいスピードをどこまで殺せるか、どこまでその獰猛な仮面を脱いでみせるか、というあたりに挑戦的な態度が読めた。

勅使川原が後半の「ゆっくり」の中で目指したのは、速さと対照されるような相対的な「ゆっくり」ではなかった。第一部の華麗な踊りを経て、第二部の夢幻的な世界に足を踏み入れるという構成には、絶対的な「ゆっくり」の奥をさぐってやろうという気概が見えた。それが成功していたかどうか。少なくとも筆者には、美しくまとめられた後半に、単なる余韻以上の絶対的な「ゆっくり」がほの見えたようには思えた。そして、スピードの第一部、ゆっくりの第二部という組み合わせを通し、舞踏系の作品にはないような身体とゆっくりとの関係を確認することも出来たように思う。

ヒステリーからメランコリーへ

勅使川原のスピードはつねに痙攣的だ。先の「とよべーさん」が脳性麻痺と呼んだような、身体の不自由と自由な躍動とが不思議な形で一体化したような、意識と無意識の境目でバランスをとるような動きが繰り広げられる。そこへ、思わず「あ、」と声を出したくなるような、拒絶とも寸断ともつかない激しい衝撃の瞬間が差し挟まれる。こうした痙攣と断絶の感覚には「病」の香りが伴っている。それも神経系のものだ。「ヒステリー」という概念は、もはや現代医学では死語も同然だろうが、二十世紀初頭のモダンダンスに起源を持つ現代のダンスにおいてはヒステリックなものがいまだに衝撃力をもった表現の形となっているような気がする。

もともと女性特有の病と見られたヒステリーは、十九世紀から二十世紀にかけていわゆる戦後遺症（shell-shock）を代表例として男性の患者にも確認されるようになった。二十世紀とは男性がヒステリー患者の声で語り始めた時代だったのである。モダニズムとそれにつづく時代、抽象表現派にしても、『荒地』のT・S・エリオットや未来派にしても、神経の震えとともに身体が精神のコントロールを破って飛び出していくような暴力性を作品に取り入れることが、スピードと狂気の親和性のクローズアップに役立ってきた。神経に直接働きかけようとするような勅使川原の電子的な音響に表れているように、現代のダンスは依然として、そうしたモダニズム期のヒステリックな不安、振動、反復衝動などにその根を持ち続けているように思える。

「ガラスノ牙」もまた、露骨なほどにヒステリックなガラスの破砕音を存分に使うことで、モダニズム的な不安へと回帰している。ただ、おもしろいと思ったのは、第二部で演出された「ゆっくり」に、そうした痙攣の病を押しとどめるような作用もあったことである。勅使川原が道化めいた脱力を演ずる傍らで、ガラスの破片を掌で転がしながらノスタルジックな囁きにふける佐東利穂子には、ヒステリックな痙攣よりもメランコリックな耽溺が目立っていた。

ヒステリーとメランコリー。いずれももはや医学用語としては通用しなくなった概念であるが、前者の痙攣的なスピード感に対し、後者の沈思黙考的な暗さや淀みにもまた別の意味での病の香りが強く漂う。メランコリーとはむしろ近代の黎明期、神の死と個人主義の孤独感とが虚無との直面という形をとって表れた時代の典型的な病であった。メランコリーは無気力や脱力、撤退、意気消沈、悲哀、停止、死などを連想させるが、同時にそれは哲学者の病ともされ、深い思考や真実の発見へもつながりうるものであった。現代のとば口に立ったモダニズムにとってヒステリーが時代の病であったのに対し、メランコリーは近代の入り口を想起させる病なのである。

勅使川原が「痙攣する身体」から、「悲しみに沈む身体」へと明確なヴェクトルを描いて見せたのかどうかは「ガラスノ牙」だけでは判断がつかないが、少なくともスピードを殺すことを通して今ひとつの病を彷彿とさせる身体を提示したのは疑いないだろう。過剰なる動きとしてのヒステリーが、運動の停止としてのメランコリーに取って代わられるのか。華麗なスピード感を売り物にしてきた勅使川原的ダンスに、こうして新たな可能性が開かれるのかどうか興味深いところである。

あらゆる存在は鈍重だ

現代の舞踊表現はさまざまな形で「病」の隠喩を取り入れてきた。舞踊が芸術として認知されるようになったモダニズムへと至る時代は、芸術一般において方法への自意識が高まった時代でもあり、「病」の隠喩は、不自由で、不自然で、違和感のある身体への導入を果たしたとも言える。病んだ身体は、より純粋なる表現体となりうる可能性を秘めていた。

記号としての身体には鈍重さがつきまとう。言語なしに身体だけで物語を伝えるのはたいへんな作業でもある。しかし、身体はその寡黙さとは裏腹に、あふれ出すような鋭敏さを発信してもいる。勅使川原の「ガラスノ牙」において、ダンサーが敷き詰められたガラスの上を危うく舞うとき、そしてついに破片の上に横たわるとき、あるいはダンサーの裸の手がガラスを弄び、砕いてみせるとき、「あ、痛い」という感覚がつねにつきまとう。田中泯の「空間に恋して」(二〇〇四年八月十三日　白州　身体気象農場　水の舞台)ではリュックに岩をつめて背負ったダンサーが、霧の立ちこめる中、薄く水をはった舞台の上で、懸命にその重さと格闘するという踊りが演じられるが、我々は岩の重みがダンサーの背中を押しつぶすその痛みに無感覚ではいられない。

機能不全に陥ることで日常性を脱する病の身体は、安全なモノと化すのではなく、苦しい身体であり続けるのだ。苦しむことが、受容装置としての身体を活性化させる。苦しく、いびつによじれ、痛みにあえぐことで、我々は感覚するということ自体をあらためて思い出す。舞踊を語る言葉が、存在、宇宙、生命といった茫漠とした全肯定の理念に寄りかからざるを得ないとしても、それは存在や宇宙や生命を語ることが目的なのではなく——つまりそれは形而上学ではないのだ——むしろそうしたものを感じようとする感覚する主体と、存在や宇宙や生命との関係を語るためなのである。舞踊は存在について何事も我々に教えてはくれない。舞踊はただ、存在と関わるのがどういうことなのかを、鋭敏さに取り憑かれた身体を通して表現する。感ずることは痛く、苦しい。でも、それを突き抜けた向こう側があるのかもしれない。我々はそうした瞬間を舞台に垣間見る。

舞踊をめぐるさまざまな「ゆっくり」は、死へ向けての下降に伴う必然的な運動性だと言えよう。今までそうであったものから、そうでないものに変わるためには、どうしても特別なリチュアルが必要だ。舞踊の「ゆっくり」は儀式であり、祭儀である。それは重く、否定的で、しかしだからこそ浄化的でもあり、聖なる輝きさえ放ちうる。死にしても、生にしても、「〜である」の境界線が犯されるような出来事を導きこむには、特殊な時間の流れが必要なのだ。

しかし、我々が舞踊の「ゆっくり」を通して最後に立ち戻るのは、身体の抱え持つどうしようもない鈍重さなのかもしれない。苦しみ感覚する身体は、その鈍重さにおいてこそ、存在的になる。何かが確かにある、という発見は、「遅さ」との出会いにほかならない。信じられるもの、絶対的で揺るがないもの、真実なもの、これらはつねに「遅さ」のうちにこそ感得されるものなのだ。身体という表現の装置は、そうした「遅さ」を思い起こさせるのにぴったりである。身体を前にして、そのプライベートな部分の露出を前にして、我々は、やはり、という感情に打たれる。その苦しみにしても、病にしても、死にしても、先走った我々を振り返らせ、以前の地点に立ち戻った気にさせるのが、身体的なものなのだ。「ゆっくり」とは、身体性そのものの隠喩にほかならないのである。

II

スローモーション症候群

4 詩になるための資格

文学に「ゆっくり」はつきものである。近代日本の私小説には、原稿が書けずにうんうん唸っている作家の姿が頻出する。苦労して書く、あるいは苦労してもかけない。書くとは時間のかかる作業なのである。人生を犠牲にして時間と労力を注ぎこまねば良い作品など書けないという製造業的スピリットに支えられ、禁欲と労働の精神は文学の現場のエートスともなってきた。資本主義の最も進んでいた十九世紀の英国では、たとえばロマン派の詩などでも「何も感じない」とか「書けない」といった状況がよく描かれる。感受性が鈍磨し、想像力が働かない。それを詩人が罪悪感とともにとらえるというあたりがプロテスタント的なのである。最後のロマン派と言われる世紀転換期の詩人W・B・イエイツにもこうした不能のテーマは引き継がれ、老人が創作欲の減退に苛立つことで詩を書くという逆説的な状況が書かれたりもした。とはいえ、ロマン派を筆頭に詩では神懸かり的なインスピレーションや即興性がつねに看板になってきたわけでもあり、「突然さ」や「速さ」が焦点となることもむろん多い。創作をめぐる「ゆっくり」の背後には、速さと遅さのダイナミズムがつねにある。

　二十世紀になると批評理論の隆盛とともに、時間をかけて作品を読み解く読者の像が目立つようになった。繰り返し作品を読み、考え、解釈する。そういう読み手の姿が、苦労して作品を練り上げる書き手像と相俟って、近代文学における「ゆっくり」の神話を固めてきた。数年間かけて数頁しか進まない大学授業での講読は典型的だ。英文学という科目が日本で一定の人気を博したのも、外国語の辞書を引くという面倒な手続きが加わって、読書をアカデミックな労働へと変換しえたからだろう。そもそも批評理論の根幹にあるのは、少ないものをより多くする、つまり分析や議論を通して、テクストを引き延ばし豊かにするという増大の力学なのである。

　では、作品の中に描かれるものはどうだろう。教養小説における主人公の時間をかけた成長、作品背景にゆったり流れる川、セピア色で回想される過去など、いずれもほとんどステレオタイプと言ってもいいくらいの「ゆっくり」のイメージがすぐに想起される。チャールズ・ディケンズ『荒涼館』の有名な冒頭部では、近代小説における時間の扱いを象徴するような霧の描写がなされている。


　どこもかしこも霧。川をさかのぼっても、川中島や野原も霧。川を下っても、船舶の索や、巨大な（そして汚れた）都市から垂れ流されたゴミを覆う霧。　（第一章）

Fog everywhere. Fog up the river, where it flows among green aits and meadows; fog down the river, where it rolls defiled among the tiers of shipping, and the waterside pollutions of a great (and dirty) city.

小説作品がひとつの自立した濃厚な世界をつくりだそうとするとき、これでもかとばかり特定のイメージが反復される。絵画の重ね塗りのようにして、類似した形や感触、仕草、出来事のパタンなどが幾度も描かれる。第一章でも触れたように、小説では——特に長編小説では——いかに時間の長さを読者に実感させるかが重要となる。それを実現するには特定のアイテムへのこだわりが有効である。小説の語りは、たくさんの情報を提示し前へ前へと進行すればいいというものではない。むしろ停滞し、語らず、一向に前進しないことでこそ、作品世界の濃度が高まる。

ゆっくり語ることも、ゆっくり読むことも、文学作品の磁力を増すということである。ゆっくりは文学の現場では良いことであり、正しいことであり、深いことだとされてきた。こうした点を踏まえた上で、本書の後半部では特に詩の世界における「ゆっくり」に注目してみたい。まずこの章では、パウンド、萩原朔太郎、W・B・イエイツといった詩人をとりあげ、詩が詩として完結するに際して、いかにスローモーション的なプロセスが重要な役割を果たしているかを確認したい。どうやらゆっくりになることでこそ、詩は終わりうるらしい。

なぜ終わりなのか、気になるところである。この先の章では、この終わりの問題を出発点にして、さまざまな作品に行き渡った「ゆっくり」をあえて謎としてとらえ、その細部に焦点をあてていくつもりである。それを表象と呼ぶべきか、思想と呼ぶべきか、あるいは趣向と呼ぶべきか、とにかく文学という制度はさまざまなレベルで「ゆっくり」にとりつかれているわけで、社会の中で文学が特定の位置を与えられ機能することを許されるときにも、その根幹に「ゆっくり」が関わっているのではないかと疑ってみるのは当然だろう。作品のどこに「ゆっくり」が潜んでいるのか、まずはその居場所を確認すること、それからなぜ「ゆっくり」がそれほど必要とされるのか考えること、そして場合によっては「ゆっくり」に特定の歴史的文脈がからんでいるのかをも検証すること、これらを通してスローモーションの文学的意味について考えるきっかけをつくれればと思っている。

エズラ・パウンドのゆっくりな植物

英詩を読んでいると、「あ、ゆっくりになったな」と思うことがある。動乱と喧噪がおさまり、語りのスピードが抑えられ、まるでスローモーションに入っていくような静けさが訪れる。たとえば次の詩を見てもらいたい。

The apparition of these faces in the crowd;
Petals on a wet, black bough.

群衆の中に浮かぶ顔また顔の亡霊
濡れた黒い枝の花びら

誰もが知っているエズラ・パウンドの有名な作品「地下鉄の駅で」('In a Station of the Metro') である。たった二行で終わる、珍しい詩。でもどうしてこの詩は二行で終わることを許されているのだろう。ふつうならもっと長く続くはず、それでも完結したような気にさせるのはなぜか。と考えてくると、ひとつのことに気づく。二行目が一行目より「ゆっくり」なのではないか。それが終結感を作っているのではないか。

まずは言葉の使い方から見てみよう。一行目は何だか忙しい。ばたばたしている。音節数の多い単語 (apparition) からはじまって、その複数性を faces や crowd といった文字通り複数を表す語が引き継いでいる。モノがたくさんある、何かがたくさんいる、といういわば密集感からくる賑わいがある。ところが二行目になるとpetals以降、単語は単音節、しかもa wet, black boughと引き立てられるのは、たったひとつの枝となる。複数から単数へ、賑わいから落ち着きへ、という流れが読める。行全体の音節の数も二行目の方が少ないから、たとえば音読してみると、自然と二行目ではペースダウンしてバランスをとりたくなる。

こうした流れとパラレルになっているのがイメージである。一行目の話題は人間。ふっと亡霊のように顔が現れる。関心の中心はヒトであり、その背後にはパリという土地の持つ喚起力や、一九〇〇年のパリ万博にあわせて開業した地下鉄が風俗になじみはじめた時代の歴史性、無名の群衆に神秘を求めるような、ポウの「群衆の人」を思わせる近代都市ならではの詩情などがほのめかされている。ところが二行目になると焦点は植物へと移る。それとともにヒトという話題の持っていた歴史的地理的重みが霧散し、話は一気に美学化する。理屈のかわりに、「きれいですね、」という、言ってみれば希薄で、限定的で、額縁に囲われた、だからこそ純粋に安全に芸術的だといえるようなイメージが出てくる。何かがふっと軽くなる。「昇天」の感覚にもなぞらえられるような、濃厚なものが変質してひらりと宙に舞ってしまう様子だと言える。

複数性の喧噪から静かな単数性へと落着する感覚、現実の重みから解放されてふわっと軽くなる感覚、いずれにも離脱の快楽がある。時間や動きから自由になって、そうではないもの、「非〜」と呼びたくなるような境地に達してしまうこと。パウンド自身はここに俳諧的な見立ての妙をからめ、ひとつのイメージが別のイメージと重なる瞬間としてとらえていたらしい（it is one idea set on top of another［89］）。最初に書いたのは三十行におよぶ作品だったが、修正していくうちに作品は短くなり、最終的にはたった二行になってしまった。[1] その結果、ふたつのイメージが並列しバランスをとった。ということは、ここは「人間の顔って、花びらみたいですね」という解釈に落とせなくもないのだが、それだけではすまない、つまり「人間って、実は植物なのだ」とでも通訳できそうな、ちょっとどきっとしても悪くないような急展開も含意されている。喩えているだけではない、本気ですよ、という。そうでないと、この詩はおもしろくないはずだ。

　この人間から植物へというやや強引な移行には、それなりの隠れたロジックがある。武藤脩二は、パウンドが人間の顔について使っている「あらわれ」（apparition）という語に注目して、この語にこめられているのは亡霊という以上に、もっと魅惑的ではっとするような美しさだったのではないかと言っている。群衆に感激しそれを愛することのできたホイットマンやヘンリー・ミラーとは対照的に、パウンドは必ずしも群衆という存在に好感情は持っていなかった。そこへ「群衆の中の非群衆的な顔」（二五五）があらわれた。その「あらわれ」を衝撃とともに表すのがapparitionという語だというのである。この解釈が説得力を持つのは、武藤がボードレール、マラルメ、ジェイムズ、ウォートン、ハート・クレインといった作家たちによる同じような〈あらわれ〉を参照した上で、こうした「稀なる美しさ」を目撃してしまう背後に語り手の内的欲求があったという議論を展開するからでもある。

イメージは人間の内的現実にほかならない（ユング）。しかも、そのイメージは、人間の内的欲求によってあらわれるものである。都市生活者の内的現実が抱かせる欲求があらわれさせるものが、われわれが見てきた〈あらわれ〉にほかならない。美しい女も、美しい曲線を描く鷗もそのようにして見出され、生み出された〈あらわれ〉なのである。（二六一）

都市の雑踏に埋もれた語り手が、その中に非都市的なもの、牧歌的なものを垣間見てしまった、というのが武藤の強調するところである。たしかにこれで次行のイメージとのつながりは見えやすくなる。

あらためてはっきりするのは、この詩では人間＝植物は単なる比喩ではなく、立派な結論だということである。いや、人間が植物へと転じうることをいかにも結論らしく持ってくることでこそこの詩は、たった二行しかないくせに、詩になっている、ということではないだろうか。ただし、それを結論として言うためには、「植物なのだ」というメッセージを言葉が身振りとして実践する必要があった。人間のようには語らず、人間のように意味やら歴史やら心理やらを充満させるわけでもなく、人間的時間をはるかに超越した気の遠くなるほどのペースで、静かにゆっくりと生きている植物。そういう植物ならではの「ゆっくり」を、この詩の言葉は模倣している。一行目から二行目におけるさまざまな「ゆっくり」への移行は、まさにそのためだったのではないか。

この「ゆっくり」は、一見、一回限りの仕掛けに見える。なるほど、詩とはこうありうるのか、と思わせたのがパウンドの功績かもしれない。ただ、ゆっくり終わる詩というのは意外に多いのである。「ゆっくり」と詩が詩であることとは、もっと本質的なレベルで結びついているのかもしれない。結論することや詩が終わること、つまり詩が詩になることと「ゆっくり」との間には切っても切れない関係があるのではないか。

「顔」がすること、「手が」しないこと　朔太郎の「蛙の死」

日本語の詩の例をひとつ見てみよう。次にあげるのは萩原朔太郎の「蛙の死」という作品である。この詩も、パウンドほどではないが、短い。いったいどうやってこれは詩になっているのだろうか。

蛙が殺された、
子供がまるくなつて手をあげた、
みんないつしよに、
かわゆらしい、
血だらけの手をあげた、
月が出た、
丘の上に人が立つてゐる。
帽子の下に顔がある。

この詩は「蛙が殺された」という出来事のただ中に放りこまれることから始まる。蛙の死につづき、子供が手をあげたこと、月が出たことなどが、朔太郎が偏愛した「〜た」の終止形で語られる。非常にスピード感のある語りである。「子供がまるくなつて手をあげた」という行の後、三〜五行目でそれを微分化するかのように、「みんないつしょに」、「かわゆらしい」、「血だらけの」と手を詳しく描写する部分も、反復的で出来事が前に進んではいないにもかかわらず、停滞した感じはしない。あらためて勢いが強まっていて、むしろ進行感が出ている。蛙の死、踊り騒ぐ子供、月、という連鎖が一瞬のうちにめまぐるしく描きだされ、センセーショナルな事件性が際立っている。

そう。まるで事件レポーターのような語りなのだ。蛙が殺されたぞ、たいへんだ、と叫ぶような鋭く強烈な幕開け。子供たちはまるで野蛮人のように手をあげながら輪をつくって踊っている。恐ろしい儀式だ。しかも不吉そうに月が出る。「月が出ている」ではなく、「月が出た」なのだ。ぬっと月が出現したような感覚。驚き、目を見張り、畏怖している。

目の動きに注意してみよう。蛙はきっと地面で死んでいる。つぶされて、血を流している。まず視線は下だ。それを取り囲んで、へえい、へえい、とばかり小さい子供たち。視線はちょっと上へ。その子供たちが手をあげた。視線はさらに上へ。そして、この血だらけの手にあらためて焦点があてられる。すると、あげられた視線の先には月。蛙から月へ、下から上へ、という視線である。まさに絶対的なものを予感するような宗教的な視線。しかし、この後、視線は下降する。月から丘へ。帽子から顔へ。

目は似ているものを追う。この詩には円形があふれている。まるくなった子供たち。月。丘。帽子。顔。魅入られたように円を追う語りは、円という形は見ても、それ以上は語らない。なぜ、子供はまるくなったのか？　月が出るとどうなのか？　どこの丘？　誰の顔？　事件の実況のようにはじまった語りは、畏怖の念とともに寡黙になっていく。意味や内容といった通俗的なものを越え、超俗的に、抽象的に、丸い形にだけとらわれていく。

まるで手品のような終わり方だ。実況中継としてはじまり、上下の動きや円の類縁を用いて視線を誘い込みながら、見事に事件を語らずに終わっている。子供たちは罰せられるのか、祝福されるのか。丘の上の目撃者は何を考えているのか。

もちろん、いかにも朔太郎らしい遊びはあちこちにある。「かわゆらしい」というまったりした過剰な言い方には、無理して子供の世界に踏み込んでみせようとする不器用な大人の影がある。[2] 折良く出る「月」にしても、「丘の上」という舞台にしても、あるいは「帽子の下の顔」という言い方にしても、ほの甘い悪と神秘の香りが漂い、劇化された冒険物の世界がうかがえる。この詩ではいろいろなものが均衡しているのである。紙芝居的いかがわしさ。血なまぐさいグロテスクさ。児童もの特有の異界性。浪漫的な闇。イマジズム的な形態美。そして畏怖。これらのものが真面目さと不真面目さの間で、曖昧に釣り合っている。そして、この均衡を実現させているのが終わり方なのではないか、と筆者は思う。

この詩にもパウンドの詩にたいへんよく似た語りのメカニズムがある。賑わいとともにはじまったパウンドの詩は、静かな落ち着きへとまとまることで、ふわっと軽くなるような離脱を演出した。朔太郎の詩でも、実況中継風の饒舌な語りが最後の二行で、語り口を変える。

丘の上に人が立つてゐる。

帽子の下に顔がある。

こうしてこの二行だけ取り出すと、「ゐる」と「ある」で語られる風景画のような平穏さがはっきりするだろう。ごくふつうに耽溺的な、いかにも「詩っぽい」静けさなのだ。しかし、実際の詩では、これに先立って「〜た」の連鎖があるため、最後の二行へ来ての急速なブレーキが効く。力んで、饒舌で、過剰な語りが、ふっと軽く、寡黙になる。息せき切った語り手が、円形の重なり合いに飲まれるようにして、ゆっくりとペースダウンする。

パウンドの詩では賑わいから静けさへという推移は、人間から植物へという転換を示唆していた。この詩ではどうだろう。激しく、血生臭い殺生から、月を経由して、帽子の下の顔へ来る。「顔がある」とは絶妙な言い方だ。しかも帽子の下にある——つまり半ば隠れている。自分は見られていない。この顔は意図する顔ではないか。観察し、考え、何かをもくろむ顔。不気味に、曰くありげに、判断する顔。月も、丘も、帽子も、意図はしない。余韻と雰囲気をつくるだけだ。それに対し、「顔」としか描写されない顔には、かえって深い内省性がつきまとう。大岡信は、「独断的な私自身の空想」とことわりつつ、この顔が殺された蛙のものかもしれないと言っている（一四二）。たしかにちょっと怨念めいたものもここには読めるかもしれない。場合によっては殺意すら。でも優勢なのは、やはり、裁くような視線ではないか。あくまで内省の段階にとどまって、直接世界に手をくださないかわりに、ただじっと見つめる眼。

「蛙の死」は、「手の詩」としてはじまる。[3] それは行為と事件とセンセーションの支配する世界である。活劇的で、ゴシック浪漫的。お祭り的。それが「ゆっくり」を通して、「顔の詩」となる。世界を支配するのは目なのである。反省と、内向と、思弁と、そして善悪や、生死や、さらには永遠とか、時間とか、愛もからむのかもしれない。「蛙の死」は動から静へという言葉の変換を通してそういう観念の世界へと足を踏み入れた。

この詩はこうして終わる。しかし、それは幼児の隠し持った人間の原初的な本能を、大人の目が裁くことでまとまるわけでは決してない。「顔」に代表される目撃と省察は、「手」に代表される生と行為を前に瞠目し、憧れ、恐怖し、感動する。つまり、これは一種の幻視の詩なのだが、粟津則雄の言うように、朔太郎の幻視は「何とも孤立した、およそ支えというものを持たぬ、その意味でおそろしく不安なもの」であり、「それは、詩人の想像力の展開と言うよりも、きわめて精度のいい感覚ないしは官能のふるえだけを動機として、のびひろがっている」ような、たいへん脆弱なものでもある（七二）。スローモーションが導きこむのは、行為を前にして「思う」身振りの、こうした不安定さだと言える。そして、まさにそのおかげで詩は終わる。果たして静が動を、思弁が行為を押しとどめているのかは、微妙なところである。というより我々はこの詩の中では、そのことについて結論することはしないのだ。ただ、「ゆっくり」の中で「思う」ことへ至り、「あ、詩が詩になった」と思うのである。

イエイツの「再臨」

イエイツの「再臨」も、事件のただ中に放り込まれることから始まる詩である。

Turning and turning in the widening gyre
The falcon cannot hear the falconer;
Things fall apart; the centre cannot hold;
Mere anarchy is loosed upon the world,
The blood-dimmed tide is loosed, and everywhere
The ceremony of innocence is drowned;
The best lack all conviction, while the worst
Are full of passionate intensity.

旋回し　旋回し　螺旋はふくらみ
鷹にはもはや鷹匠の声も聞こえない
すべてはばらばら　中心ももたない
混沌そのものが世界にひろがる
血に濁った潮があふれ　あらゆるところで
無垢の祭儀は呑みこまれた
すぐれた者はまったく自信を失い　その一方で
愚か者が熱に浮かされている

Surely some revelation is at hand;
Surely the Second Coming is at hand.
The Second Coming! Hardly are those words out
When a vast image out of *Spiritus Mundi*
Troubles my sight: somewhere in sands of the desert
A shape with lion body and the head of a man,
A gaze blank and pitiless as the sun,

Is moving its slow thighs, while all about it
Reel shadows of the indignant desert birds.
The darkness drops again; but now I know
That twenty centuries of stony sleep
Were vexed to nightmare by a rocking cradle,
And what rough beast, its hour come round at last,
Slouches towards Bethlehem to be born?

きっと何かの顕れの兆しだ
きっと再臨の訪れだ
再臨！　その言葉を口にするや
巨大な世界霊の姿が
私の視界をよぎる　砂漠のどこかで
獅子の身体に人間の頭を持つ何かが
太陽のようにうつろで冷酷な目をして
ゆっくりと腿《もも》を動かす　そのまわりを

気を荒げた砂漠の鳥の影が旋回する
ふたたび闇だ　しかし私にはわかった
二十世紀におよぶ石の眠りが
揺り籠に揺られているうちに悪夢に見舞われたのだ
ついにその時を迎え　いざ生まれ落ちるために
ベツレヘムへと身をこごめて向かうのはいったいどんな獰猛な獣なのだろう？

この詩も実況中継風の、スピード感あふれるレポートからはじまる。動揺し、恐慌に陥った語り手が、ばらばらと崩壊していく世界を目撃するのである。一九一九年という制作年からわかるように、「再臨」の背景には第一次世界大戦、アイルランド内戦、ボルシェビキ革命といった争乱があった。イエイツ自身がそうした現実世界の秩序壊乱を意識していたことはよく知られている。[4]

しかし、ここに描かれるのは、現実の動乱を前にした詩人の単なる「感想」からはほど遠い。そもそも崩壊していく世界のイメージは、イエイツ独特の宇宙観に基づいたものである。もっとも目につくのは螺旋運動だろう。「再臨」の収められた詩集『マイケル・ロバーツと踊り子たち』にイエイツ自身がつけた註によると、世界はだんだんに拡がっていく遠心的な螺旋と、逆に縮小していく今ひとつの螺旋とが交互に現れることで成り立っている。一方の螺旋が合理主義・物質主義、他方が非合理主義や神秘主義を表す。この詩のタイトルになっている「再臨」という言葉は、新訳聖書では最後の審判の際にキリストが再び現れることを指すが、螺旋の周期はキリストの誕生からちょうど二千年で入れ替わるというのがイエイツの考えらしい。いずれにせよ、ふたつの拮抗する運動がぶつかりあうことで世界ができあがっているという宇宙観は、このころイエイツが対話の形式をとった詩作品を多く書いていたこととつながるかもしれない。

螺旋のイメージは、「再臨」の構文にも及んでいる。たとえば一行目の Turning and turning in the widening gyre では、下線で示したように in の音が執拗に繰り返され、眩暈のするような反復円運動を言葉のうえで実践することにつながっている。二行目の The falcon cannot hear the falconer でも、falcon という語のシメトリカルな反復と cannot の音とが微妙に共鳴し眩暈は持続する。三行目以降では、次に示すように徐々に長くなっていく節が、遠心的な螺旋運動と重なるだろう。

Things fall apart
←
the centre cannot hold;

← Mere anarchy is loosed upon the world,
← The blood-dimmed tide is loosed,
　and everywhere/ The ceremony of innocence is drowned;
← The best lack all conviction, while the worst/ Are full of passionate intensity.

the centre cannot hold という言葉が示すように、何よりも語り手をおののかせているのは、統一感の欠如と多数性の横溢なのである。ほどけて解体し、螺旋状にちぎれ飛ぶという世界では、ものが溢れ、力が充満し、すべてが目まぐるしく変転する。

この一～八行目が第一段階。この詩にはぜんぶで四つの段階がある。シェイマス・ディーンは、「再臨」が「預言の形で疑問を発する一方、疑問の形をとって預言をする」作品だと言っているが（九四）、たしかにこの詩では、いったん預言のようにして提示された幻想風景が、さらなる風景によって上書きされ相対化されるということが繰り返し起きる。つまり、目撃は絶対化されるのではなく、あくまで一時的な出来事として示されるのであり、次の段階ではさらなる目撃がそれを更新することになる。

語り手が世界の崩壊を目撃し動揺する第一段階に続いて、九〜十行目の第二段階では語り手はSurely some revelation is at hand;/ Surely the Second Coming is at hand. という風に、いったん内向する。今遭遇した視覚的な出来事を、内面化するのである。きっと何かが起こるのだ、と考える。すると、語り手の眼前に幻のような場面が展開する…Hardly are those words out/ When a vast image out of *Spiritus Mundi*/ Troubles my sight というのである。これが第三段階(一一-一八)。内向から幻視へ、というステップである。この場面は、イエイツが当時入れあげていた神智学の持っていたオカルト性をもっともよく反映する場面だと言えよう。語り手はスフィンクスのような巨大な像を見る。しかし、これは第一段階における実況中継とは違い喧噪と動乱とは無縁で、むしろ静寂と虚無と孤独の支配する世界である。ここでも螺旋状の運動が見られるが(all about it/ Reel shadows of the indignant desert birds)、第一連の速度と混乱と過剰さとは対照的に、shadow とか desert といった言葉には寒々しい欠落感が伴っている。やがて、まるで暗幕がおりるようにして、この幻視の場面は終わる(The darkness drops again.)。

そして最後の段階(一八-二二)で語り手はさらなる思弁へと進む。やや受け身の形で体験された先の世界霊の幻視を経て、語り手はあらためて能動的に考える(but now I know...)。ここには幻視から、未来に向けた想像力の発揮へ、という推移を読むことができるだろう。詩の終わりで語り手は、未だ起こらぬ第二の生誕の時を予感するのである。

　こうした四つの段階は、語り手がいかに世界を見るかの推移の過程ととらえることができる。単なる目撃から意味づけへ、そして幻視、最後は預言。語り手は外界の出来事から身を退いて、内へ内へと内向化していくのである。そしてそこには同時に、速さから「ゆっくり」へという移行が見られる。ゆっくり動く世界霊の腿《もも》。石の眠り。眠りから覚めた蠢《うごめ》き。また、幻視の開始がHardly are those words out/When a vast image out of *Spiritus Mundi*/Troubles my sight という、つまり hardly と when からなる「〜するや否や……」という「性急さ」を表す構文によって告げられるのに対し、幻視の終わりが The darkness drops again という、ゆったりした幕によって示されるのも特徴的だ。語り手がこの後、I know という確信に満ちた語り口に移る準備がされているのである。こうして少しずつスローダウンする時間意識を通し、空間的な混乱にあらためて秩序が与えられるのである。前半八行の時間軸が混沌としていて、何が先で何が後なのかもよくわからないのに対し、後半部の語り手は出来事の生起の順序に敏感である（again, now, at last）。だからこそ、この詩は the *Second* Coming と呼ばれるのだろう。

　「再臨」は八行＋十四行という、いわば拡大版ソネットとも読める形式を持ち、八行からなる前半部と後半の十四行との間でバランスがとられている。ペトラルカ以来のソネットに非常によくあった〈目撃→思弁〉というパタンを、この詩も踏襲しているのだが、ただ、後半の思弁の中にもうひとつの「目撃」が世界霊の幻視という形をとって埋め込まれているところはおもしろい。世界を抽象的に言葉で整理して詩が終わるわけではなく、むしろ内向することにより世界が拡がるような感覚がある。目を閉じて闇に踏みこむことで、もっといろいろなものが見えてくる。これが「ゆっくり」の重要な機能なのである。つまり、単に内向化させ、落ち着かせ、終わらせるのではなく、ふつうの速度で生きていたなら見えないものを垣間見たり考えたりさせ、世界そのものをより大きく、より広く感じさせること。ふっと今いる世界から飛び立った気にさせること。

「再臨」という詩は、始まりを描くことで終わる詩である。詩を終わらせる「始まり」はたいへん「ゆっくり」なものとして描かれている。終わることも、始まることも、つまり、作品の世界から出たり入ったりすることが、「ゆっくり」という感覚によってとらえられているのである。詩が詩になること、作品が作品になることが、「ゆっくり」によってこそ成就されるらしいのである。では、詩が詩になるとはいったいどういうことなのだろうか。次の章ではこの問題を考えてみたい。

5　哀歌のしようとすること

哀歌の「思うように思う」技術

大学院生がはじめて学会発表をするという。発表要旨は半年も前に学会事務局に送ったものである。審査を経て合格の通知が来たのがその一ヶ月後。発表が決まってから二ヶ月、三ヶ月とかけて参考文献をチェックし、テクストを読み直し、議論を練った。いよいよ明日が本番。発表時間は三十分。もちろん緊張している。先生、何かアドバイスは？

筆者ならまず、「ゆっくりしゃべれ」と言う。

理由はいろいろである。筆者自身、そういう場所で「ゆっくりしゃべる」のは決して得意ではないのだが、だからこそ、「ゆっくり」の効用は身にしみている。早口では言葉が聞き取れない、伝わらない。早口は単調だから話のポイントを摑みづらいし、何より、摑もう、理解しようという気を喪失させる。早口は乱暴で、卑屈で、意味不明で、あつかましく、説得力にも欠けるし、自己中心的だ。

ゆっくりしゃべる語り手はその正反対である。丁寧でやさしく、腰も低いし、たわわに言葉の意味が実っているような、説得力と権威に満ちた、後光を放たんばかりの存在感を持っている。

それだけではない。「さあ、ゆっくりやろう」と自覚的に思う、そのことも重要だ。「ゆっくり」とは、思うことによって実現できる数少ないことのひとつである。早く、には技術がいる。いくらラケットのスイングを早く、と言われても、そもそも必要な筋力がなければ振れないものは振れない。しかし、ゆっくり振れ、とは筋力や技術でするものではなく、思うことでするものだ。早くしゃべるのは芸である。舌の特技である。ゆっくり、はむしろ技を殺すところにコツがある。それはマイナスの圧力であり、いかにやれることをやらないかという、つまり、ハードのスペックよりはソフトの構成こそが関わる領域なのである。早さが身体の能力で実現されるのに対し、ゆっくりは心がコントロールする。

簡単なことだ。ゆっくりは意識するかどうかの問題にすぎないのだから。肉体の限界にいどむわけではなく、ただ、そう思えばいいだけ。だから、ゆっくりを意識することは、自分にはできるのだ、ということを思い出させる――忘れずにやりさえすればいいのだ、それなら大丈夫、よしやるぞ――こうした一連の楽天性につながるのがゆっくりの思想なのである。

というわけで、とにかくゆっくり読む、学会発表はこれで万全だろう。

ただ、すべてがそう簡単にいくとは限らない。押すことよりも引くことが、行動することよりも行動しないことが難しいということもある。このあたりが文学と「ゆっくり」の関係を考える際に重要になる。文学における「ゆっくり」は、心の振る舞いと大きくからんでいる。文学が「ゆっくり」にかくも依存するのは、それが心の優位という思想と一蓮托生だからだ。物質よりも精神、現実よりも想像力、効率よりも充実感。文学という制度を保証する二項対立はいずれも心を旗印にする。背後には「思いさえすれば……できる」の肯定性が見える。だが言うまでもなく、思うようにならないのもまた心なのである。その最大の例は狂気。心の優位というよりは、心の暴走である。そして暴走する心は奇妙に身体とも似ている。障害や限界に満ちていて、なかなか思うようにならない。だからそこへ、暴走する心を意識する「心の中の心」が現れたりする。心の中に、身体/心の対立が生ずるのである。

文弱の徒、といった表現があることからもわかるとおり、文学とは一面、身体性において敗北した者たちによる、心を盾にした敗者復活の場である。『仮面の告白』の鉄棒のできない主人公をはじめ、身体的(そしてしばしば性的)劣等感を抱え持った人物に語りの「眼」が仮託されるというパタンは、あまりに典型的に近代小説の枠組みを代表している。身体の不可能をいわば心が凌駕すること。「意識しさえすれば……やれる」のレトリックは、語りのきっかけでもあり、小説というジャンルの有効性を支えるイデオロギーでもある。

が、思うこととは実に厄介なものなのである。英語詩に長く脈打つ嘆きやメランコリーの伝統が示すのは、むしろ思うことが思うようにならぬことでもあった。場合によってはそれは、悲しみたいのに悲しめないといったねじれた意識さえ生む。

A grief without a pang, void, dark, and drear,
A stifled, drowsy, unimpassioned grief,
Which finds no natural outlet, no relief,
    In word, or sigh, or tear —

(S. T. Coleridge, 'Dejection: An Ode')

苦悶のない悲しみ　うつろで　陰気で　やるせない
こもったような　ぼうっとして　情熱のこもらない悲しみ
言葉をつらねても　溜息をついても　涙を流しても
　自然なはけ口にもならないし　気が晴れることもない

このコールリッジの「失意のオード」をはじめ、詩が書けなくなったことを語るという、一種倒錯的な身振りはしばしば演じられてきたが、そうした場では意識や語りが扱い難い外部と化し、心の中の心との葛藤が生じているのが特徴である。

哀歌（elegy）という形式は、このような「思うように思えぬ」ことを劇的に表現するのにぴったりの方法を提供してきた。死者を悼むというジェスチャーは、いかに自分が取り乱しているか、いかに心が暴走しているかを書き表すかによってこそ、自らの反応の「妥当さ」を見せつけようとする。それだけに、この形式はたえず不安定要因を抱えてもいる。かつてサミュエル・ジョンソンは「ミルトンの生涯」'Life of Milton' の中で『リシダス』（*Lycidas*）を批判し、どうもミルトンの嘆きはインチキ臭く見える、感情が大げさなわりにペダンティックな引用も多く、全体にまとまりがないと断じた。[1]『リシダス』は今では英文学における哀歌の古典とも典型とも見なされるようになったが、スタンリー・フィッシュの「リシダス論」（'*Lycidas*: A Poem Finally Anonymous'）をはじめ、『リシダス』についての多くの批評はジョンソンによる批判を無視しては成り立ちえなかった。たしかに時制や人称の不統一、テーマと動機の乖離など、『リシダス』にぎくしゃくした部分があることは否定できないだろう（ランサム　八三）。だが、それをインチキ臭いと呼ぶかどうかは別として、こうした瑕瑾はいわば哀歌ならではの向こう傷ともみなせるかもしれないのである。

哀歌のひとつのパタンは次のようなものである。重要な人物の死に接して動揺した心が、その嘆きを他者と共有しつつ悲嘆にくれる。その嘆きの激烈さゆえ、心は制御を失い心ならざるものの一歩手前までいく。こうした修羅場をいかに描くかが詩人の腕の見せ所ともなる。ただ、哀歌の今ひとつの重要な約束事は、牧歌的なイメージの構築を通し語り手が再生と豊饒の夢にふけり、少しずつ平静を取り戻していくプロセスを描くことでもある。だから、嘆きの烈しさは、たとえそれが狂気をほのめかすものであったとしても、その一歩手前のきわどいところに踏みとどまる必要もあるだろう。

哀歌とは「思うようにならぬ心」があらためて「心の中の心」の軍門に降《くだ》るさまを描くことで、心のヘゲモニーを確認する儀式なのである。と同時に、心の崩壊する寸前の有様を描くという意味では、哀歌は心の向こう側の闇を垣間見せもする。こうした心のきわどい部分の描写にあたって、「ゆっくり」の思想がからんでくるのである。このことについて以下、ミルトンの『リシダス』を見ながら詳しく検討してみたい。

ミルトンの『リシダス』はどうゆっくりなのか?

哀歌は、言ってみれば予定調和の極みにある形式で、はじめから行き先の見える行程をどう旅してみせるかという、禁欲的な（そしてそれ故、英詩的な）創作作法を象徴するものだと言える。『リシダス』も、必ずしもきっちりと牧歌的哀歌（pastoral elegy）のルールに沿っているわけではないとはいえ、詩神への呼びかけからはじまり、神々との対話をへて心理的な回復にいたるという典型的な形はとっている。[2] 心が「思うように思えぬ」状態を脱し、「思うように思う」ことのできる段階に達する、その定められた筋書きの中でいかに言葉に力を持たせるか、それが勝負となる。

『リシダス』を読むにはコツがある。この作品は出だしは非常に勢いがあって、それがだんだんとおさまっていく。この中間部が辛い。途中から延々と行列やら演説やらが続く。そこに時折、噴出するような激しいイメージが仕掛けられていたりもする。はっとするほど甘美な植物の描写もある。こうした流れはしばしば哀歌に見られる傾向である。『リシダス』に限らず多くの哀歌では、勢いのある、激しい嘆きの部分こそが書き所とも、読み所ともなっている。その激しさの大本にあるのが「思うように思えぬ」ことをめぐる苦悶でもある。

『リシダス』を上手に読むためには、まず「思うように思えぬ」ことがどう表現されているのか、その仕掛けをとらえることが必要だろう。そしてそれがどう変換されて「思うように思える」段階へと引き継がれるのかを見定めねばならない。実はここに「ゆっくり」の問題がからんでくるのである。

まずは冒頭を見てみよう。

Yet once more, O ye laurels, and once more
Ye myrtles brown, with ivy never sere,
I come to pluck your berries harsh and crude,
And with forced fingers rude,
Shatter your leaves before the mellowing year.
Bitter constraint, and sad occasion dear,
Compels me to disturb your season due:
For Lycidas is dead, dead ere his prime,
Young Lycidas, and hath not left his peer:

もう一度　ああ月桂樹たちよ　もう一度
決して枯れることのない蔦のからまる茶色いギンバイカよ
私はお前たちのまだ熟さぬ固い果実をもぎ取りに来る
そうして制御のきかぬ不器用な手つきで

お前たちのまだ成熟を迎えぬ葉を散らす
ひどい圧迫が強いるのだ　とてつもなく悲しい出来事のために
私はお前たちの自然な季節を乱すのだ
リシダスが死んだから　まだ人生の盛りにも届かぬというのに
まだ若いリシダスが死んだ　あれほどの人間はいない

この描写を読むといくつかのことに気づく。まず乱れる心への直接の言及のかわりに、身体を介した物理的な暴力が描かれること（I come to pluck your berries harsh and crude...Shatter your leaves before the mellowing year）。ここでは嘆くという心の行為が心の埒外にあふれてしまう、つまり心が心でなくなるぎりぎりのところが活写されているわけだが、語り手が八つ当たり的に月桂樹を襲う様が、pluck とか shatter といった他動詞を中心に語られていることに注意したい。forced fingers rude という言い方もある（下線引用者　以下同じ）。フィッシュはこの forced の両義性に注目して「語り手の行為そのものの無理矢理さ」と「語り手が無理矢理そうした行為をせざるを得なくなること」という両方のニュアンスを示すと言っているが、いずれにしても何かが「無理矢理なされた」という含みがあることには違いない（三二二）。そもそもの動機としても Bitter constraint, and sad occasion dear,/ Compels me to disturb your season due という、つまり「外からの力によって仕方なく自分はお前の季節を乱すのだ」というような言い方がされている。こうして他動詞的な表現を多用することは「何かが何かに働きかける」という関係性を強烈に浮かび上がらせることにつながる。

なぜ「何かが何かに働きかける」ことが大事なのか。この一節の他の特徴としては、たとえば吃音的な、せっぱ詰まったような反復がある（Yet once more, O ye laurels, and once more/ Ye myrtles brown,... Lycidas is dead, dead ere his prime,/ Young Lycidas）。短い間隔で言葉を繰り返すようなこうした性急さのジェスチャーは、運命の性急さにしたたか打ちのめされる語り手の思いと不即不離である。語り手はリシダスの早すぎた死を発端とする「早すぎることの暴力」の直中に放り込まれるのだが、皮肉にも、彼自身が性急さの言説に陥ったり、「まだ成熟を迎えぬ」（before the mellowing year）植物を蹂躙するなどして、その暴力に荷担している。[3]

「何かが何かに働きかける」ことの意味はこうした状況の中でとらえられるべきだろう。ここにあるのは、暴力を受けた者が暴力を働いてしまうような、性急さの災いに傷ついた者が自ら性急さに陥っていくような負の連鎖関係なのである。つまり、「何かが何かに働きかける」という他動詞的な関係性が示すのは、早さという形で犯される暴力が流行病のように広まっていく言説空間だと言える。これが『リシダス』という作品の出発点なのであり、では、この先、いったいどのようにそうした関係性が発展していくのか、というあたりが次の焦点となる。

前述した通り、『リシダス』は牧歌の枠組みをかなり受け継いでいる。葬列を目の当たりにするかのように次々と神話上の人物が現れてくる中、死を悼むという行為は何より語り手と彼らとのやり取りとして表現される。人間である語り手とこうした人物との間には決して越えられない溝があるため、両者のやり取りは互いに離れた者同士の距離を想定したものとなり、基調は命令形や呼びかけとなる。こうして、冒頭部以来の「何かが何かに働きかける」という暴力性をはらんだ他動詞的な関係性は、異界的な人物と語り手とのやり取りに引き継がれる。特に神々への呼びかけ（invocation）の声高さなどは、その性急さと激しさにおいて「早さの暴力」をそのまま映すようにも見える（Begin, then, Sisters of the sacred well,/ That from beneath the seat of Jove doth spring,/ Begin, and somewhat loudly sweep the string.)。だが、『リシダス』という詩の展開において本当の要となるのは、むしろそうした他動詞的な「早さの暴力」が、言葉のやり取りという別種の「働きかけ」関係の中に次第に解消されていくところにあるとも言える。[4]

『リシダス』の欠陥と修復

『リシダス』という作品はしばしばその「不統一」が問題にされてきた。何よりとりあげられるのは、ポイボス（Phoesbus）の語りである。[5] 語り手が前途洋々たるリシダスの命を突然奪った運命の酷さをなげくと、突如ポイボスが以下のように言葉をはさむのである。

'But not the praise,'
Phoebus replied, and touched my trembling ears;
'Fame is no plant that grows on mortal soil,
Nor in the glistening foil
Set off to the world, nor in broad rumour lies,
But lives and spreads aloft by those pure eyes,
And perfect witness of all-judging Jove.'

「しかし賞賛までが断たれるわけではない」
ポイボスはそう答えると　私の震える耳に触れた
「名声とはこの世の土に育つ植物ではない
俗世間にむけて飾られた
きらびやかな箔や　あちこちで語られる世評に乗るものでもない
名声とはすべてを知る神の中の神ジュピターの

あの汚れなき目の見つめる中でこそ繁茂し　広まるものなのだ」

ランサムはこの唐突さに作品構成上の亀裂を見（a breach in the logic of composition）、『リシダス』のまとまりのなさが典型的に見られるところだとしている（八三）。フリードマンが指摘するように、ここへきて突然時制が過去形になっているため、それまでの発言もまたすべて過去に帰されることになってしまう（二八八）。[6] 結果として、それまで即興的な「その場の語り」として演出されていたものが、むしろあらかじめこしらえられた作り物に見えてしまう可能性が出てくる。

しかし、こうした構成上の不統一にもかかわらず、「震える耳に触れた」などという仕草には際立った、官能的なまでの穏やかさも見られる。とくに引用部の動詞 is の働きは重要である。**Fame is no plant that grows on mortal soil** という行は、それに先立つ **touched my trembling ears** という動作とともに――そしてその植物の隠喩を通し――静かに動揺を押さえこむような、美しくかつ厳粛な響きを持っている。詩の冒頭にあった **Lycidas is dead...** の is がここへ来てあらためて意味を持つ。is は『リシダス』において死の記号なのである。リシダスの死に直面して「早さの暴力」の直中に投げ出され、心を失いかけた語り手にとって、いかに死と和解するか、死を受け入れるかが重要なのだが、そのためには、...is dead に象徴されるような、関係性を超越する地点、つまり性急さと動きとを越える地点を探る必要がある。いかに is の境地に達するか、それがそのままこの詩のプロットともなるわけである。ポイボスの Fame is no plant ... はその要請にこたえているとも言える。[7]

どうやら『リシダス』という詩が詩になるためには、やはり速度の差異がからむのである。「早さ」から「ゆっくり」へという推移が、他動詞が自動詞にとってかわられる過程とパラレルになることで、『リシダス』はそのプロットを完成させ、読ませどころを発揮する。死は動作の停止である。しかし限りなく停止に近づきつつも、完全に停止してしまうわけではない、そのような境界に留まることができるなら、それは生をも死をも超越する「ゆっくり」となるかもしれない。語り手はこうした状況を自動詞による連鎖を通して作り上げることで、リシダスの死との融和を果たそうとしている。作品の結末部、リシダスの復活を想像する一節ではそうした「ゆっくり」が描き出されている。

So Lycidas sunk low, but mounted high,
Through the dear might of him that walked the waves;
......
There entertain him all the saints above,
In solemn troops, and sweet societies

That sing, and singing in their glory move,
And wipe the tears forever from his eye.

だからリシダスは低く沈んでも　高くあがってきた
波をわけて海を歩いてきたあの人の力によるのだ
（中略）
そこでは天上の聖人たちがみなでリシダスをもてなす
荘重に群れなす軍勢　甘く心地よい集団
みな歌をうたい　歌いながら輝かしさとともに踊り
リシダスの目から永遠に涙をぬぐい去るのだ

sunk low, but mounted high といった一節に顕著なように、ここでは「沈む」（＝死ぬ）「あがる」（＝復活する）という相反する方向を持った運動が等価のものとして平らにならされている。sing → move → wipe といった動きの連鎖は不思議なほど平坦で、すべてが儀式めいたスピード感の喪失と穏やかさに包まれている。『リシダス』最大のキーワードとしての sing、その他にも sunk, mounted, move といった自動詞がこうして荘厳な運動を繰り広げることで、死の世界を享受するリシダスは関係性の暴力を超越した、自動詞的至福のうちに描き出されることになる。

死をいかに描くか。哀歌という形式が最終的に立ち戻るのはこの問題である。『リシダス』において死は停止ではなく、限りなく停止に近くとも依然として穏やかな動きに満ちた「ゆっくり」として描かれる。そこで「ゆっくり」の果たす役割は、次のようにまとめられるだろう。

（1）過剰なる早さや激しさをなだめる
（2）動と静の境界を示唆することで、死をも生をも絶対化することのない、第三の境地を導きこむ
（3）外からの力に対する意識の優位を示す
（4）安定した運動秩序を作り出す

こうした「ゆっくり」の効果を通し、死は「思うように思えぬ」ものから、「思うように思える」ものへと変貌するのである。

これをあらためて大きなレベルの議論に戻してみよう。今あげたような「ゆっくり」の作用——鎮静、弁証法的止揚、力の論理からの離脱、新しい運動の起動——は、死に限らず、さまざまな文学表象の中に確認できそうである。「ゆっくり」は文学という制度の持っている負の優越

意識を体現した表象だからである。前章のパウンドに関する議論で触れたように、スローモーションへの移行は何より、「そうではない」、「今までとは違う」といった否定性を表現する。『リシダス』でも「ゆっくり」は激しさや暴力、速さ/早さといった要素を押さえこむ、いわばマイナスの力として機能していた。すでにそこにある存在をそのまま受け入れるかわりに、打ち消し、乗り越える形で、より正しいものとして誕生するイメージや言説。その根本には、現実や世界に対してそうではないもの――「ほかにとりうる道」(alternative)――がありうる、そして語りとはその「ほかにとりうる道」に肉薄することを意味するのだという考えがありそうである。

いかにこの「ほかにとりうる道」を語るか。これまで見てきた作品で目につく重要なポイントは、スローモーションが語りの最後にやってくるということであった。いずれも「ゆっくり」への移行によって作品にけりがつく。終わることとは、言葉による自立的な世界が終了し、我々が外の世界に戻っていくということである。その境界に、つまり言葉と世界との境目に、「ゆっくり」がかかわっている。「ゆっくり」は文学の土壇場に訪れる、いや、「ゆっくり」こそが作品に土壇場を創出するのである。

文学という制度のひとつのあり方がそこには表されているだろう。そうではないもの、可能性としてあるもの、可能性としてしかないものとして自己を掲げ、自然な時間に安住する言葉を懐疑する、さらには文学ならではの言葉を通して、言葉そのもののあり方を否定しさえする、そうした捨て身の方法を支えるのが、終わる、という装置なのである。

この終わるという装置は、第2章でも扱った残像の問題と深く関わっている。残像とは、終わりの結晶化である。残像となる、ということがすでに何かが終わったことを示している。しかし、我々が確認したのは、終わりが残像という形で残ることによって、連鎖や動きや、さらには速度や生命などが表現されうるということでもあった。つまり、終わることが何かを終わらせない、何かを生かすのである。

文学という制度は終わることでこそ、残像として生き残るのだと言えよう。ちょうどフィルム上の画像が網膜にその痕跡を残すように、テクストもまた、うまく終わることでその痕を我々の脳に焼きつける。スローモーションという映像の方法は、現在進行形の時間を微分し異化し、そうすることで、我々の知る時間が痕跡の集積にすぎないことをあらためて想起させ、あらゆる映像が過去性を担ったノスタルジックな存在であることを強調する——だからこそ、スローモーションは映像のレトリックとしては、うっとりと「抒情的」なのだ。文学作品における「ゆっくり」もそうしたノスタルジアと関わっている。作品の最後で「ゆっくり」の世界に踏み込むことで、言葉はスローモーション的に残像化する。実際に作品が終わる前に「ゆっくり」を通して終わることをジェスチャーとして行い、残像として記憶される準備を整えるのである。

文学作品の最大の武器は残ることなのだ。シェイクスピアのソネットでたびたび触れられるのも、美しい人を語ることで、作品がその美を永遠化し、さらには作品そのものが永遠のものとなるということである。

人が息をつき　その目がものを見る限り
この詩も生き続け　あなたに命を与えるのだ
（「ソネット十八番」）

So long as men can breathe or eyes can see,
So long lives this, and this gives life to thee.

我々は繰り返し作品を読むことで、繰り返し読み終わる。そうすることで幾度も、作品を残像化する。人間の認識は、残滓によってこそ構築されている。言い募るのでもなく、意気軒昂に声を荒げるでもなく、溢れ、酔い、歌うのでもなく、終わること。終わるというこの撤退と否定と消滅の儀式を通して表現され得るしぶとい持続感こそが、スローモーションの核心にあるものだと言えよう。

6　ワーズワスを「ゆっくり」で読む

わかったようで、わからない――詩にはそういう瞬間がある。でもわからないわりに、何だかいい、のである。その典型とされる詩をこの章では取り上げたい。ウィリアム・ワーズワスの「ルーシー詩篇」（Lucy Poems）は、いずれも謎めいた少女ルーシーの死をモチーフにしているが、その中でも「眠りが私の心を封じた」（'A slumber did my spirit seal'）は、全体がヴェールに包まれたような神秘的な不明瞭さを特徴としている。掌に乗るほど小さいのだが、捕まえようとすると、いつもするっと逃げられる。自分は果たしてこの詩を読んだのだろうか？　と何度読んでも不安になる。[1]

この詩はどうやら哀歌として書かれているらしい。ただ、哀歌ならではの「思うように思えぬ」ことと「思うように思う」こととの間の葛藤は背後に潜んでいる。作品中、死に伴う嘆きや動揺はまったく描写されず、描かれているのは魂の麻痺としての眠りとともに「思うように思う」状態に達した心だけ。つまりこの詩では、「思うように思う」ことは、逆説的に、意識の撤退とも言える眠りを通して実現されているのである。

この作品の独特のスピード感ははじめから際立っている。一度音読しただけでも、直感的にそこに漂う神秘性がある種の「ゆっくり」に基づいていることが感じられるだろう。ただ、この章で特に扱いたいのは、読む側が「ゆっくり」を感じ取るプロセスそのものに関わる問題である。つまり冒頭で述べた「わかったようで、わからない」感じと「ゆっくり」の問題とをからめて考えたい。そもそも読むこととは、テクストにスピードを付与する行為である。作品にはあらかじめスピードが内在しているわけではなく、読書というプロセスを通してはじめてスピードは生まれる。そうすると、我々がテクスト内の眠りや麻痺や「ゆっくり」を問題にしているときにも、我々は実は、自身の読書行為に関わる麻痺や「ゆっくり」を、つまりテクスト外の現象を語っているのではないか、という疑いが生ずる。さらにこのことを発展させると、テクストというものがあらかじめ存在し、また読書に先立って完結していること、読書によって生ずるスピードは常にオリジナルよりも遅いと感じられることなども思い出される。読むという行為はいつも「ゆっくり」であることを運命づけられているのではないか。

脱構築の批評家たちがしばしば話題にした、読み書くことの「遅れ」という問題もここで想起されるかもしれない。テクストについて考え、解釈し、語るというとき、どうしてもテクストそのものと読みとの間に生ずる時差を無視するわけにはいかなくなる。ただ、この時差は一般的な概念としてひと括りにされるべきものであるよりも、それぞれのテクストにおいて個別的な装置として、もしくは錯覚として現れるものなのではないか、というのが筆者の考えである。つまり、「遅れ」は金科玉条の理念なのではなく、テクストのなかでいちいち確認されねばならないような、体感温度や感触に近いような、より個別的な事象なのではないか。そういうわけで、本章と次章において二度にわたって詳しく「眠りが私の心を封じた」を読むが、本章では主に作品読解を行い、次章でメタレベルの立場から読解方法そのものを問題にしてみたい。

主語の謎

まずは作品を見てみよう。

A slumber did my spirit seal;
  I had no human fears:
She seemed a thing that could not feel
  The touch of earthly years.

No motion has she now, no force;
She neither hears nor sees,
Rolled round in earth's diurnal course
With rocks and stones and trees.

眠りが私の心を封じた
私には人間らしい恐怖がなくなった
彼女はまるで地上の月日の流れを
感じないものになったかのよう

彼女は動くことはない　力もない
何も聞こえず　何も見えない
地球の日々の巡りに沿って
岩や石や木とともに運ばれる

この作品には長母音が多く、これが催眠的な陶酔感を生んでいる（seal, she, seemed, feel, neither, sees, trees; fears, years, hears)。ラストの rocks → stones → trees という列挙にある、短母音から二重母音へ、そして長母音へ、という推移は、緊張がほどけて眠りに落ちていくプロセスを、徐々に遅くなっていく音のスピード感を通してきわめて印象的に響かせている。

この詩が一種の墓碑銘と読まれるようになったきっかけは、コールリッジによるコメントにあった。一七九九年の四月、ドイツ滞在中のコールリッジはトマス・プールからの手紙で生まれたばかりの我が子の訃報を知り、その返事の中で、この悲しい出来事をきっかけに自分が人間の生死について思いを巡らせるようになったと言っている。このときコールリッジをとらえたのは、人間の命が自然界のもの——たとえば石——に形をかえてその力を伝える、というような夢想でもあった。

もし、私が石を投げ上げたり、水面を滑らせたりするときに、この腕から石に伝わる生の力が——もしこの力が失われないとしたらどうでしょう。それは生命だと言えますよね。それだって存在なのです。力なのです。それが消え去ってしまうことはないのです。[2]

人間の命が自然界の事物に姿を変えて伝わっていくという考えは、赤ん坊の死を知らされてショックを受けていたコールリッジにとっては救いとなるものだった。だからこそ、ちょうどこの時期に書かれたワーズワスの「眠りが私の心を封じた」に、そうした自然信仰の形を取った鎮魂歌の要素があるとの連想が働いたのだろう。鎮魂の対象はまだ生きている妹ドロシーに違いないとコールリッジは考えた。同じ手紙の中で彼は、「きっと、ワーズワスは陰鬱な気分に陥ったときに、自分の妹ドロシーが死んでしまったらどうしようなどと想像したのでしょう」と述べ、この詩の後の解釈に大きな影響を与えることになる。

「彼女」としてしか語られない女性をどこまで特定できるかは議論の分かれるところかもしれないが、この作品を哀歌とみなすのは有力な読み方だと思える。[3] 死者を悼む者が、その死を眠りと読み替えることで受け入れるという設定はよくあるものだ。ただ、出だしの **A slumber did my spirit seal** という一行にも示されているように、ここでは眠りが外なる力として語り手を、つまり語りそのものを巻きこむ形でやってくる、だから眠りに落ちるのは死者としての **she** だけではなく語り手でもある、ということには注意する必要がある。そこが何より、この詩の独特なところなのである。

どうやらこの哀歌では、死者と哀悼者の区別が曖昧なのだ。よく見てみると、詩全般に渡って行為の主体と行為それ自体との関係は実に入り組んでいる。何より主語が不安定である。たった八行の作品なのに、一行目はたぶん **a slumber** が主語、それから **I** に、そして **She** と変わっていく。眠りに落ちていくのは「私」Iらしいのだが、一行目のA slumber did my spirit sealという言い方には、my spirit did seal a slumberともとれる構文上の曖昧さがあるし、構文が確定したとしても、形の上では物を主語にした言い方になっているから、実際に行為を行うのが形の上の主語なのか、背後にある意味上の主語なのかというあたりでひと呼吸こちらも逡巡する。つまり「私」の主体性が、文の中で、ワンクッションおいて現れるということである。言うまでもなく、うとうと眠りに落ちるという感覚は、主体自らの行為でありながらむしろ非自発的で、外からの働きかけとして意識されやすい、その意味では眠りは死と似ている。主体が主体らしさから撤退していくような死や眠りという状況設定と歩調を合わせるかのように、ここでは主語と述語の関係も不明瞭になっているということである。

むろん「私」が意識を失うことで、かわりに「彼女」の主体性が明瞭になるわけでもない。下線で示したように三〜四行目では、視点をずらすseemed a thing thatとか、否定のcould notといった表現を間にはさんでいるため、「彼女が感ずること」(she feels)をめぐる言説でありながら、主体であるSheと行為としてのfeelとのつながりが迂遠である。しかも、先行するI had no human fearsという行の余韻があり、またShe seemedのあとにto me「私にとっては」という省略も想定されることから、ここではむしろ「私から見た彼女」という視線が優勢で、行為の中心がsheでも

Iでもあるような状況が生まれる。だからこそ、sheをLucyとみなす一般的な見方とともに、she = my spiritとするような読みも生ずるのだろう（デイヴィーズ）。feel/ The touch of earthly yearsという彼女の行為も、どちらかというと「触られる」という受け身の要素が強い。後半の第二スタンザに目を移しても、主語はずっとSheだが、倒置と否定の挿入によって「彼女」の主語らしさが抑えられている感がある（No motion has she now.../ She neither hears nor sees）。主語と動詞のこうした遊離感が、最後の二行の分詞構文の調子を決めていると言える。そこでは主語Sheはもはや明記されることすらなく、暗黙のうちに想起されているにすぎない。この詩はいったい、誰の物語を語っているのだろう、と不思議になる。

A slumber did my spirit sealという出だしが示すのは、外からの働きかけを発端とした「〜をする」の物語である。[4] その後もhaveやfeelなど他動詞は使われ続けるのだが、今見たとおり、「する」主体と行為の目的との間は、否定形などを通して終始抑制されたり、ずらされたり、攪乱されたりしており、焦点もslumberからIへ、そしてSheへと移ったあげく、誰でもないような rocks and stones and trees に引き継がれる。この詩では、主語と動詞の関係がゆるいのである。文の中で主語は、なかなか動詞にたどりつかなかったり、位置を入れ替えたり、いずれにしても単刀直入に「〜が〜する」という構造を示さず、緩衝作用を何重にも織りこんだ、やわらかい連結をする。主語から動詞へという結びつきは常に不安定で、だから先に触れた催眠的なリズムに合わせるかのように、主体＝主語はゆっくりと、ふらふらしながら、行為＝動詞にたどりつくことになる。

『リシダス』と同じようにここでも、哀歌は他動詞的な「何かが何かに働きかける」という、きわめて現実的、さらに言えば暴力的とも政治的とも呼んでもいいかもしれないような力関係の発生とともに始まっている。そして、やはり『リシダス』と同じように、この関係性をいかに乗り越えていくかが詩のプロットをつくる。明確な「〜に〜をする」の物語を語るかのように始まった詩は、結局、「する」ことの困難や不可能を語りつつ終わっていく。その際に鍵になるのが、誰のものでもない、という物語のありようなのだろう。ルーシーの死を嘆くはずの語り手は、限りなく死者と同化し、まるでルーシーとともに岩や石や木に混じっていくようなのだ。語り手はいわば、死者や物の言葉を語っている。哀歌において決定的に重要なはずの弔いの力学が機能不全に陥るのは、こうして死者と哀悼者の区別が薄れるためなのである。

知覚には時間がかかる

ところで、この詩にはもうひとつ興味深い特徴がある。動詞のほとんどが seem, feel, hear, see,

といった知覚に関わる言葉だということである。実はこのことにこだわると、「眠りが私の心を封じた」に限らず他のワーズワス作品に広く関わるような大きな問題が見えてくる。ワーズワスの代表作のひとつ「オード：幼児期の回想から不死について啓示されること」（'Ode: Intimations of Immortality from Recollections of Early Childhood'）を参考にして考えてみよう。

「オード」は自伝的な作品で、語り手自身が青年期に体験した喪失感から出発して幼児期を回想し、人間の生涯が辿る道筋をあらためて考え直すという詩である。前半では体験が中心に語られるが、後半は観念的な用語が増え、ワーズワスが頭の中で構築した世界像や時間観を、懸命に――ときには強引なほどの力業で――言葉にしようと苦労している様がよく見える。土台にあるのは「生まれるということは、眠りに落ち忘却することだ」（Our birth is but a sleep and a forgetting）という人生観で、詩人は神々しい光に満ちた幼児期を一方に、大人になってからの日常的な俗世界を他方に置き、両者の乖離を悲しみつつ、想像力によってその修復を試みるのである。表現の根本的な困難に直面しながら、苦労して言葉を探し、場合によっては何を言っているのかよくわからないほどの入り組んだ言い回しをも辞さずに突き進むあたりがワーズワスらしい所でもある。

そういう、いわばチャレンジ精神に溢れた作品の中で、ワーズワスがとりわけこだわり、何とか言葉にしようとしたのが知覚の刹那性の問題であった。知覚し感ずるという能力はワーズワスにとって、心のアイデンティティを確かめるためには必須のものである。心が心であるかどうかの、自分が「思うように思えている」かどうかの試金石となるのは、自分が今まで通りちゃんと感じているか、ということだった。冒頭、語り手は、かつてすべてが天上の光をまとうように見えた頃があった、と述懐する。

There was a time when meadow, grove, and stream,
The earth, and every common sight,
　　To me did seem
　Appareled in celestial light,
The glory and the freshness of a dream.

かつて野原や　森や　川や
大地や　あたりのものは何でも
　　私にとって
　天上の光　夢の輝きと新鮮さとに
包まれて見えることがあった

しかし、と語り手は続ける。今は違う。かつて見えたものは、もはや見えないのだ、という。

It is not now as it has been of yore; —
　　Turn whereso'er I may,
　　　By night or day,
The things which I have seen I now can see no more.

しかし今は昔とは違う
　　どこを向いても
　　　夜であろうと昼であろうと
かつて私に見えたものはもう見えなくなってしまった

知覚に関わる動詞はワーズワスにおいては、時間の流れに支配されている。だから、かつて見えたものがもはや見えなくなる。あるいは逆に、じわじわと時間とともに何かが感じられてくる。つぎのような feel の使い方は特徴的だ。

I see
The heavens laugh with you in your jubilee;
My heart is at your festival,
My head hath its coronal,
The fullness of your bliss, I feel—I feel it all.（三七-四一）

天空が
お前たちと喜びをともにして一緒に笑うのが見える
私の心もお前たちの祭りに加わる
私は頭に喜びの冠をいただき
最高潮に達したお前たちの至福の時を感ずる　すべて感ずるのだ

I feel という表現が繰り返されるのは、単に強調のためだけではない。「感ずる」ということは、ここでは時間的に体験されている。「ああ、感ずる、感ずるなあ」と少しずつ何かが感覚にのぼってくる、その経過を I feel—I feel という吃音めいた言い方は表しているのである。

だから「オード」の圧巻は　結末近く、知覚の力によって幼児期の天上的な神々しさが、束の間、取り戻されるところにあると言える。

Hence, in a season of calm weather,
 Though inland far we be,
Our Souls have sight of that immortal sea
  Which brought us hither,
 Can in a moment travel thither,
And see the Children sport upon the shore,
And hear the mighty waters rolling evermore.（一六四－一七〇）

だから　穏やかな季節がおとずれると
海から遠く離れたところにいても
我々の魂は不死の海を目にすることができる
我々をここへと生み落としたあの不死の海を
そしてそこへと一瞬のうちに立ち戻り
浜で子供達が戯れるのを目にし

猛々しい海の音が永遠に響き渡るのを耳にすることができる

ワーズワスの知覚は時間的なものである。時の流れに従属し、かつて見えたり聞こえたりしたものが次第に失われたりもする。が、それだけに想像力を発揮すれば、通常の感覚を超越した速度とともに（Can in a moment travel thither）失った何かを取り戻すこともできる。この一節で描かれるのは、かつて喪失した光の世界に立ち戻って魂の癒しを得る大人の姿であるが、精神の故郷に確かに帰還したことを保証するのは、知覚の力が十全に働いているという感覚に他ならない。浜辺で遊ぶ子供たちの無邪気さと、轟々と鳴る不死の海との壮絶なコントラストの美しさは、目で見、そして耳で聞くことでこそ感じとられねばならないのである（And see the Children sport upon the shore,/ And hear the mighty waters rolling evermore.）。帰還そのものが一瞬のうちになされるのに対し、浜辺の場面はきわめてゆるやかな時間の流れ（the mighty waters rolling evermore）を感じさせるところが特徴的だろう。

このように要所で知覚の言葉を用いることで、ワーズワス作品は世界との接触をきわめて時間的に体験している。その大本にあるのは、感じることのメカニズムをゼロ地点からあらためて辿り直そうとするような、二十世紀であれば「現象学的」と呼ばれたであろう根源へのまなざしに他ならない。メイソンも指摘するように、ワーズワスにとっての喜びはきわめて単純で原初的な知覚に根ざしており、たとえば光と闇、色、輪郭のはっきりした形（丘や枝）、繰り返される音（鳥のさえずり、木霊、川のせせらぎ）など、まだ現実世界との連関によって意味づけられていないような現象が、生まれたての新鮮さのまま詩人によって知覚されるのが特徴である。そういう意味でワーズワスは、「まるではじめて何かを感覚したかのような幻」を体験することのできる詩人なのである（メイソン　一九）。

だからこそワーズワスは、そうして新たにもたらされた知覚の時間性に敏感にもなる。心が世界を知覚する様子を、経過する時間とともに感じ、またときにはその時間感覚を超越したり覆したりする、というところがワーズワスのドラマの核心となる。「眠りが私の心を封じた」のseem, feel, hear, seeといった動詞も、少しずつ体験されるワーズワス特有の「知覚の時間」を背負っているのだと言えよう。そこには主体と行為の間の、「長さ」を基礎にした時間の流れが刻印されている。She seemed a thing that could not feel/ The touch of earthly yearsのような一節も、主語・動詞間の構造上のゆるさに加え、seemやfeelやtouchといった知覚表現の含意する時間経過ゆえに「ゆっくり」だということである。Rolled round in earth's diurnal course/ With rocks and stones and treesという最後の二行の円運動が決して唐突ではなく、詩全体の「ゆっくり」に向けた志向を成就するように思えるのはそれゆえである。

「眠りが私の心を封じた」の死もまたさまざまな「ゆっくり」として語られる。earthly years

による他動詞的な働きかけを超越し、みずから earthly years そのものとなるルーシーは、同時に語り手でも、また木や石でもあるような存在なのだ。主体と他者、主体と行為の間に生じうる緊迫感や差異は、「眠りが私の心を封じた」の世界においてひとつの大きな運動の元に無化される。ルーシーの究極の到達点とは、我々の世界の基軸的な「ゆっくり」としての地球の回転運動との調和なのである。こうしたスローモーション化とともに、我々はあらためて記憶の中の「定速度」を——たとえば生きていたルーシーの息づかいを——想う。『リシダス』の例で言えば、波間にゆっくり沈み、また浮かぶリシダスの姿を通して、かつてのリシダスの生を垣間見る。しかし、こうした生は懐古調の中ですでに儀式化され、美しい形式として祭り上げられてしまっている。「ゆっくり」の見せる安定した運動秩序は、決して生そのものではなく、自然から逸れた、自然を越えたものなのである。

異界への入り口

生そのものではないこと。自然から離脱していること。ワーズワスの作品から今ひとつの例をあげるなら、長編詩『序曲』の第一巻中程で、語り手が得体の知れない「存在」と遭遇する有名なシーンがある。夜の闇の中をひとりボートを漕ぎ出した少年は、スピードをあげ、白鳥のような気分になって水面を滑走しながら一種の恍惚感に浸っていく。すると、視界の果てにあった急な丘の向こうに、ぬっと巨大な岩壁が屹立する。それがまるで、自らの意思を持った生き物のように頭をもたげて見えるのである。少年は畏怖の念に打たれ、ひたすらボートを漕ぐが、岩壁はどんどん大きくなり、星空さえもがさえぎられてしまう。逃げ去る少年のあとを、この生き物はまるで追うようにしてついてくるのである。

the huge Cliff
Rose up between me and the stars, and still,
With measured motion, like a living thing,
Strode after me.（四〇九-四一二）

その巨大な崖は
私と星々との間に屹立し　それでいて
一定の速さで　まるで生き物のように
私の後についてくるのだった

逃げるようにしてボートを漕いで帰った少年にとって、この体験は魂の震撼とも呼べるような何かを引き起こしたのである。彼は深く物思いに耽り、その後しばらくは、この出来事の影に取り憑かれることになる。

　　　　　　and after I had seen
That spectacle, for many days, my brain
Worked with a dim and undetermined sense
Of unknown modes of being; in my thoughts
There was a darkness, call it solitude,
Or blank desertion, no familiar shapes
Of hourly objects, images of trees,
Of sea or sky, no colours of green fields;
But huge and mighty Forms that do not live
Like living men moved slowly through my mind
By day and were the trouble of my dreams.（四一七-四二七）

この光景を
目の当たりにした後　何日もの間　私の頭には
ぼやっとはっきりしないような
得体のしれない存在の感覚がとりついた　私の思考には
闇があり　それが孤独感のようでも
何もない荒廃状態のようでもあった　見慣れた日々の
風景は姿を消し　木々も
海も空も　緑の野も目に入らない
そのかわり　人間とはかけ離れた巨大で強力な姿が
昼日中ゆっくりと私の心をよぎり
夜になると夢の中に現れた

ボートの夜に遭遇した存在が、その後、語り手の心をよぎるとき、それはこの世のものとは思えないような得体の知れない動きを示すように思える。その様を語り手は、巨大で強力な「姿」がゆっくりと動いていく、と描写する。この存在は生を超越し、異界的な気配に包まれた何かだという。しかし、それは同時に語り得ぬものでもある。語り得ぬものをなお語ろうとするとき、そこには「ゆっくり」という感覚こそが合う。なぜなら、リチュアルの世界に一歩踏み込んだ「ゆっくり」は、言葉がもはや通用しないことを示唆するからである。「ゆっくり」動く存在は、生と意味の世界から一歩外に踏み出した、神秘の領域への入り口なのである。

　こうした例を通して痛感されるのは、「ゆっくり」が運動や秩序といった枠組みを通してあらためて自然を言葉の支配下におくためのからくりであり、と同時に「これはからくりにすぎないのですよ」とあらためてその限界を明示する方法だということである。「ゆっくり」と出会うとき我々は、世界とは運動や秩序のロジックで読まれるしかないものだということを、それ以上ない何かとして突きつけられている。それでいて、「それ以上」の向こう側があるのかもしれないのである。言葉の勝利を顕示しつつ、なお、言葉だけでは終わらない、言葉以上の何かを置き土産にしている。「ゆっくり」とともに作品が終わるとはそういうことなのである。

7 ワーズワスを「ゆっくり」で読む、を読む

前章で、「眠りが私の心を封じた」に見られるさまざまな「ゆっくり」を確認したが、ここでひとつの疑念が生ずる。それは、この「ゆっくり」が本当にテクストに内在するのかというものである。我々はテクストの構成そのものに「ゆっくり」を読んだような気になっていたが、前章ですでに示唆したように、実際には「眠りが私の心を封じた」をめぐってはもっと別のレベルの「ゆっくり」もからんでいる。この章ではそのあたりについて、主に「眠りが私の心を封じた」という詩の読者像に焦点をあてて考えてみたい。

読者のつくられ方　スタンリー・フィッシュのスローモーション

まず、これは前の章の読解である程度明らかになったことだが、この作品は特異なほど解釈の

違いを生みやすい構造を持っている。もっとも有名な例としては、結末をめぐるクリアンス・ブルックスとF・W・ベイトソンの正反対の読みがある。ブルックスがそこに死の凄惨さを見るのに対し、ベイトソンはむしろ pantheistic magnificence、すなわち自然との一体化を通した生死の葛藤の解消があるのだとしている。[1] その他にも、語り手がルーシーを殺したのだとする「殺人説」をはじめ、さまざまな新解釈が出されてきた。それをいわば極地まで押し進めたのが、脱構築時代のJ・ヒリス・ミラーによる「ぞくぞくするところ——交差する現代批評」('On Edge: The Crossways of Contemporary Criticism') であろう。ミラーが注目するのは、作品中、物事の価値が正反対のものに転じてしまうということで、[2] たとえばルーシーは「無垢な処女」である一方で「失踪した母親」でもあるとか、時間がいつの間にか空間のイメージでとらえられるとか、男性的な肯定性と亡き母への嘆きに満ちた思慕とが併存するといった例をあげている。「眠りが私の心を封じた」はこうした矛盾を抱えたまま、それでもなおひとつのテクストとして成り立っている。

「眠りが私の心を封じた」の際立った曖昧さと、それ以上に、そうした曖昧さをはらみつつもなぜか作品としてまとまっているような印象を与えるという点、これらが多くの批評家の解釈欲をかき立ててきたことは疑いない。「眠りが私の心を封じた」について語る者は、たとえ先行研究を徹底的に調査したわけでなくとも、「これで言い尽くしたわけではない」と直感的に感ずるのだろう。そして、作品の行間に書き込まれたさまざまな解釈可能性を垣間見つつ、むしろ、自らの解釈の揺らぎそのものについて語ることにもなる。

こうした状況において「眠りが私の心を封じた」の読者というものは、かなり特殊なテクストとの接し方を余儀なくされている。見かけ上のたやすさと、一読したときの誘惑的な流麗さ、その実、考え出すと次々によくわからないところの出てくる複雑さといったものがこのテクストの特徴だとすると、読者というものははじめから再読・再々読に向けた予備的・助走的な読みを行っているとさえ考えられてくる。「眠りが私の心を封じた」を読むとは、出口の見えそうで見えない葛藤の中に巻き込まれることであり、その曖昧さを堪え忍びつつ、何とか自分なりの決着をつけ、しかしなお、「これですべてではないような気がする」と一抹の気持ち悪さを感じ続けることでもある。その気持ち悪さが残るほど「どうも気になってしまう」という感覚も強くなり、「何か言いたい」という批評欲が生じる。

「眠りが私の心を封じた」の読者はこうしてつくられるのだ。読まれることによってはじめて、テクストはテクストとなる。逆に、テクストもまた読者をつくるのである。「眠りが私の心を封じた」によってつくられるのは、得体の知れない She や it をめぐって、短いテクストの上を何度も往復して意味を組み立て直し、語りの断絶や破綻をあえて自覚的に「意味化」しながら、転換や発展のモデルを構築し続けるような執拗な読者である。この読者は音読なら一分もかからないテクストを、まるで何十分、いや、何時間もの長さに引き延ばすようにして読む。説明をはさみ、疑念を呈し、見えなかったものや聞こえなかったものを感知しながら、少しずつ前に進む。そしてこの読者は最終的に、作品末尾の二行（Rolled round in earth's diurnal course/ With rocks and stones and trees）の不思議なイメージと格闘することを余儀なくされ、その無時間性について何らかの提案をすることになる。円運動を、そこに至るまでの時間の流れとからめてどう説明するか、それが解釈の究極のポイントとなる。

このような読者は、スタンリー・フィッシュが「読者の中の文学——情緒の文体論」（'Literature in the Reader: Affective Stylistics'）で掲げた読者像を思い起こさせる。一九七〇年に発表されて以来、受容理論の重要な支柱となったこのエッセーでフィッシュは、読書体験の時間性ということを強調し、自分の分析方法について次のように説明する。

この方法を通して我々が行うのは、要するに、読みの体験をゆっくりにするということなのである。そうすることで、ふつうに読んだなら気がつかないような、しかしそれでもしっかりと起きているような「出来事」が、我々の分析の俎上に乗せられることになる。これは言ってみれば、ストップアクション装置のついたスローモーション用のカメラで我々の言語体験を記録し、その後であらためて上映するようなものである。（二八）

「ふつうの読みの時間」という、いわばフィクションを提示したうえで、読書をスローモーション化する、それがフィッシュの方法である。その狙いは、主にテクストそのものに向けられていた分析の矛先を読書行為にも向けることで、それまでなかなか分析的に語ることのできなかったテクストの効果について扱う端緒にするということだった。

フィッシュが想定した批評的読者は、「眠りが私の心を封じた」のような作品によってつくられる読者とかなり重なって見える。これは何を意味するだろう。フィッシュは精読という制度を時間の流れの中でとらえ直し、「ゆっくり」を批評装置として特権化した。つまり、フィッシュの「ゆっくり」は作品そのものに属するというよりは、読みをめぐるダイナミズムを明らかにするための、分析の方法である。一方、「眠りが私の心を封じた」の読者は、それを方法として自覚することはないまま、テクストによって「ゆっくり」を強いられる。両者の「ゆっくり」はそういう意味で別の含意を持つことになるが、実際には、読者として「眠りが私の心を封じた」に関わりその「ゆっくり」に巻き込まれることと、フィッシュ的なスローモーションの批評戦略を自覚することとはかなり近いようにも思える。というのも前章でも見たように、「眠りが私の心を封じた」を解釈する試みはほぼ必然的に言葉と言葉の関係、とくに語順や迂遠な文法構造に関する判断から出発することになり、それを批評的に言語化すると、ちょうどフィッシュの唱えるスローモーションを実地に移したような、読書体験の時間的微分化と重なりやすいからである。

我々は前回、あたかも「眠りが私の心を封じた」の「ゆっくり」がテクストそのものに内在するかのように話を進めたが、この作品の「ゆっくり」は読みに関わる現象としても考えられるということである。「眠りが私の心を封じた」を読むということはまず第一に、主述の関係の「ゆるさ」や知覚の時間性などを通し、作品中に埋め込まれた「ゆっくり」を確認することなのだが、それは同時に、読書行為そのものに潜むスローモーション化の契機に自覚的になることでもある。「眠りが私の心を封じた」の「ゆっくり」が目につくのは、このテクストの特殊性が、読むという行為にそもそも可能性としてそなわっている「ゆっくり」の問題を露呈させ、さらには、強制されたその「ゆっくり」が、むしろ積極的な批評戦略の一環として研ぎ澄まされうることさえも示すからである。「ゆっくり」はそこにあるものとして指差されるというよりは、いちいちの読みの行為の中で読者によって体験される何か、なのである。

分析者とメランコリー

この問題をさらに考えるにあたってダグラス・トレヴァーの『初期イングランドにおけるメランコリーの詩学』（*The Poetics of Melancholy in Early Modern England*）は示唆的である。ジョン・ダン、ロバート・バートン、ジョン・ミルトンといった博識で知られる文学者たちは、自己イメージを構築するに際して、学究性と結びつけられることの多いメランコリー気質を強く意識し、文章の中でもしばしば空虚との直面から来る悲哀や絶望感について語っている。メランコリーは執筆に向かうための気質を保証するものだったのである。こうしたトレヴァーの議論の中で浮かび上がってくるのは、註釈をつけるとか、脇道に脱線するといったテクスト上の振る舞いもまた、「余白と向き合うメランコリックな学者」という自己イメージに由来するとの見方である。たとえば第三章で話題にした『リシダス』における声の不統一についてトレヴァーは、それがまさに学者性の表れである、つまり、語りの隙間にさまざまな声を挿入し、反省的に振る舞おうとするような学究性の具現なのだとしている。

『リシダス』の語りを構成するさまざまな方法を思うにつけ──哀歌的な部分もあれば、分析的な部分もあるが──この詩は複数の声による合唱というよりも、ちょうど『羊飼いの暦』と同じように、別々の声をひとつに編集してまとめたものだと言えるような気がしてくる。それぞれの声がきわめて学究的なやり方で、集成されているのである。あれこれと注釈があったり、あえて滑らかな一本調子の語りがずらされたり、あるいは学問することが倫理的に正当化されたり、実際に蘊蓄が傾けられたり、といった風なのである。（一六四）

テクストを寸断し、解剖し、メタレベルから語ること。そこにある批評性や学究性が、ロバート・バートンの『メランコリーの構造』(*Anatomy of Melancholy*)などで話題になるようなメランコリー特有の遊離感や逸脱性、執拗な細部へのこだわりなどに根を持っているかもしれないという視点は、テクストの奥に隠れている動機や情調を考えるうえでも参考になるだろう。メランコリーと分析的批評態度とを関連づけることで、ある独特なテクストの形が浮かび上がってくるのである。そこに見えるのは、既存のテクストに対する「註解」として成立することで、一歩身を退いた、動きののろい、より本質的でない、つまりテクスト・マイナス・アルファという形で欠損を背負った、サブ・テクストとして生ずる語りである。「さあ、見ろ」と自ら丸裸になることで語るのではなく、語られる対象に影のように寄り添うことで、むしろその対象とのかすかな違和感をこそ織り込む語り。

こうしたメランコリーの語りは、我々が見てきた「眠りが私の心を封じた」の読者像の一面をより明らかにしないだろうか。すでに見たように、「眠りが私の心を封じた」の読者はさまざまなレベルの「ゆっくり」に巻き込まれるが、それはいわゆる「ふつうの読書/語り」のスピードから一歩退くことであり、生の運動性を脇から眺めるような傍観者的態度を引き起こすものである。その傍観者は読者であると同時に **I** や **she** のあり方とも重なってくる、つまり、そうして読む側と読まれる側とがもろともにスローモーションという一種の「時間の異常」に取り込まれることが、麻痺や、不能や、患いの感覚を生み出しているようなのだ。前章でルーシーと世界、ルーシーと語り手、語り手と読者、読者とルーシーなど、さまざまなレベルで境界が消滅していることを説明したが、この融和は同意や共感として起きるのではなく、むしろ否定や混沌の果てにあるものなのである。ルーシーと世界との関係に表れているように、こうした境界消滅の決定的な契機となっているのは、「死」という断絶である。決して一体化できるはずのない死者を前にして、それでも境界を越えて融合する感覚をおぼえる、そのときどこかに「結局、対象とは合一化できないのだ」という諦念と疎外感とがつきまとうのではなかろうか。ここで関係しているのは、単なる分析と支配と安心のための「ゆっくり」ではなく、過剰で病的な、苦しい欠落感を伴った負の時間性であり、それ故テクストをめぐる語りにもテクスト自体にも、断絶を意識したような、欠損の語りならではの情調が付与されることになる。「眠りが私の心を封じた」という厄介な作品に「正しい読まれ方」がありうるとしたら、この不可能の意識をいかに抒情として取り入れられるかがその鍵となるだろう。

詩は墓碑銘　シェリー「オジマンディアス」のメッセージ

欠損の語りとはどのようなものか。P・D・ジュールは解釈学の立場から「眠りが私の心を封じた」を題材に欠損の語りの分析を試みている。ジュールのポイントは、作者というものを想定せずにテクストを分析するのは不可能だという所にある。最後の二行の円運動がゆっくりなのか、それとも激しいものなのか、これを考えるにあたって、書き手の意図を想定しないことは難しい、たとえばこの詩が、猿がたまたまキーボードで遊んでいるうちにできた、とか、岩に波の浸食によって刻まれた、というような状況を想定すると、合理的に解釈を組み立てていくことができなくなる、という。筆者はこの議論に異を唱えるものではないが、ただ、ジュールがここで持ち出した猿や波の比喩は、本人のねらいを越えてある読みの可能性を示しているようにも考えられる。すなわち、「眠りが私の心を封じた」を、実際に意図の必ずしもはっきりしない残骸のようなものとしてとらえることはできないか、ということである。

ワーズワスは抒情詩と墓碑銘との深いつながりを意識していた（「墓碑銘について」'Upon Epitaph'）。「眠りが私の心を封じた」が rocks and stones and trees とともに終わるのも、石や岩や木がいずれも古来、墓の役を果たしてきたものだからとも言える。[3] なぜ墓であることが重要なのか。その最大の理由としては――すでに触れてきた「残像」の問題とも関わるが――作品が

「残されたもの」としてとらえられるという点があげられよう。墓碑銘としての抒情詩は、限りなく死者の遺骸とイメージが重なるわけだが、作品を遺物として読むことで、そこに同時に遺物を解読するという註釈的行為（それは死者を悼むという哀歌の態度とパラレルである）が発生するのを見て取ることができるのである。遺物としてのテクストを解読する際には、たしかにジュールの言うように、ある主体による合理的な意図を想定することが不可欠かもしれない。しかし、そこで同時に重要になるのは、解釈する側の、右往左往するような、その場しのぎかつ困難を極める読解作業に伴う「これがホンモノではないのかもしれない」という絶えざる不安・喪失感でもあるように思える。

とりわけ十八世紀から十九世紀という時代には、廃墟趣味がゴシックや崇高といった美意識と結びついており、庭園のデザインなどでも廃墟風の一角を設けることが趣向として好まれた。トマス・グレイなど墓地派と呼ばれる詩人からロマン派へと至る系譜の中で、メランコリックな喪失感とともに廃墟に類するものを描くという詩の作法が目立つようになっていったのである。そうした流行が、詩の扱う対象やその描かれ方だけでなく、詩の読み方までをも規定するようになったと言えるのかもしれない。ワーズワス以外のロマン派詩人でも、次章で触れるジョン・キーツの「ギリシャ壺によせるオード」（'Ode on a Grecian Urn'）は遺跡との遭遇を絵画詩（ekphrasis）の様式に則って作品化したものだし、P・B・シェリーのソネット「オジマンディアス」

（'Ozymandias'）では、読むという行為がまるで伝言ゲームのように、残骸の意味の伝達を通して行われるのが特徴である。

I met a traveller from an antique land,
Who said: 'Two vast and trunkless legs of stone
Stand in the desert... Near them, on the sand,
Half sunk, a shattered visage lies, whose frown,
And wrinkled lip, and sneer of cold command,
Tell that its sculptor well those passions read
Which yet survive, stamped on these lifeless things,
The hand that mocked them, and the heart that fed;
And on the pedestal, these words appear:
My name is Ozymandias, king of kings,
Look on my Works, ye Mighty, and despair!
Nothing beside remains. Round the decay
Of that colossal Wreck, boundless and bare
The lone and level sands stretch far away.' —

古えの土地を旅した人から
こんな話を聞いた　「砂漠の中に大きな二本の
胴体のない石の脚が立っている　近くの砂上に
半ば埋もれ　破壊された顔が転がっている　眉間に皺をよせ
唇はゆがみ　薄ら笑いとともに冷たく支配する顔だ
それを見るとこの彫刻を刻んだ者が　しかとそこにある情念を読みとったのが
わかる　この生命なきものに刻みつけられ
彫刻を刻んだ手をも　そこに命を注ぎこんだ心をも　凌駕し生き延びている情念
台座にはこんな言葉がある
私の名はオジマンディアス　王の中の王
勇者よ　私の為したものを見よ　そして絶望せよ！
残っているのはそれだけ　その巨大な遺跡の
朽ちる回りには　果てしなく　むきだしの
人気のない　平坦な砂地が延々と広がっている」

オジマンディアスは、モーセと対立したことで知られるエジプト王ラムセス二世のギリシャ名。

この作品はシェリーが友人と行った創作競争の産物で、詩人は傍らにエジプト旅行記を置いて創作したとも伝えられているが、その構造はなかなか複雑である。語り手は旅人から廃墟の話を伝え聞くのだが、この旅人もまた、廃墟に刻まれたニュアンスや言葉を読む、いわば廃墟の解読者にすぎない。しかも廃墟のメッセージはあくまで、彫刻家によって刻まれた間接的なものなのである。もともとのメッセージがオジマンディアスに発するとして、それが彫刻家とその作品、旅人、語り手という順で伝聞されてきたことになる。こうした間接性から来る「これがすべてではないのかもしれない」という不安に満ちた読解状況は、三行目から八行目にかけての長いセンテンスによく反映されているだろう。Near them, on the sand,/ Half sunk, a shattered visage lies, whose frown,/ And wrinkled lip, and sneer of cold command,/ Tell that its sculptor well those passions read/ Which yet survive, stamped on these lifeless things,/ The hand that mocked them, and the heart that fed; 下線で示したように、関係詞をはじめとする接続の言葉を多用することで、ひとつのセンテンスでありながら、節の中に節が、その中にまた節が、という風に次々に主語・動詞の関係が繰り延べられ、しかもそのたびに主語が変わるため（visage → frown, lip, sneer → its sculptor → passions → the hand, the heart）、主体性の在処が霞むとともに、焦点がはっきりしなくなる。とくについ自動詞として読みたくなる survive に、かなり遅れてから目的語があることがわかる（survive...the hand...and the heart）、つまり実はそれが他動詞だとわかるというようなからくりには、読み手の主体的で感情移入的な読みを頓挫させる効果があるだろう。読むという行為が、何とも言えない敗北感を伴う瞬間だと言える。エヴェレストはこの詩に表現される物質性のテーマに注目し、詩の言葉は紙や石の彫像と同じく時間の中で変容を遂げるのだとするが、そうした風化の過程で読者は読むことをめぐるさまざまなアイロニーに直面することになる。

　短い詩の中で関係詞を多用することの効果については後の章でも詳しく触れるが、少なくとも、こうした言葉の連ね方にメランコリックなスローダウンの作用があることは間違いない。「オジマンディアス」ではメッセージ伝達の紆余曲折に伴う「ゆっくり」が、死や権力や崇高な自然（この場合は「砂漠」）に対する畏怖の念と相俟って、読みという行為の圧倒的な無力を思い知らせるのである。台座に刻まれた「オジマンディアス」の言葉は、自らのしぶとい力を正しく強烈に誇示しているとも読めるし、廃墟と化した自らの惨状をアイロニカルに照らし出しているとも読める、つまりたいへん両義的な部分なのだが、この最後のメッセージに対して旅人からも語り手からも何の示唆もなく、ただ、意味不明なまま投げ出されているというあたりは、読みという行為の無力さと、廃墟の残骸らしさが際立つところだと言えよう。「オジマンディアス」というテクストは、荒涼とした意味の砂漠に放置されたものとして提示されているのである。[4]

　方法としてのスローモーションはスポーツ中継などに典型的に表れるように、より多く、より正しく知るための批評的戦略とみなされるが、そうした分析の方法には特有の欠損や悲哀の感覚がからみうる。つまり、スローモーションはその情報の多さにもかかわらず、同時に、「これがすべてではないのだ、これが完全版ではないのだ」ということを、見る者に哀切感とともに突きつける表象の方法でもある。すでに『リシダス』についての章で、テクストに表現される「ゆっくり」の示唆しうる情感について箇条書きにしたが、スローモーションと呼ぶのがふさわしいであろう批評の方法としての「ゆっくり」にもまた、ニュートラルな批評的眼差しを越えた自意識や抒情性がつきまとうというのは興味深い。

8 いかに木を語るか

ウォレス・スティーヴンズは、なぞなぞのような詩をいくつか書いた。こちらが思わず「?」と考えこんでしまうような語り口で、まるで「さあ、何でしょう?」とクエスチョンマークがふってあるように読める。「瓶の逸話」('Anecdote of the Jar') はその代表例である。この章ではこのなぞなぞに答えることを通して、英詩における「ゆっくり」と木のイメージとの関係を考えてみたい。

I placed a jar in Tennessee,
And round it was, upon a hill.
It made the slovenly wilderness
Surround that hill.

The wilderness rose up to it,
And sprawled around, no longer wild.
The jar was round upon the ground
And tall and of a port in air.

It took dominion everywhere.
The jar was gray and bare.
It did not give of bird or bush
Like nothing else in Tennessee.

私はテネシーに瓶を置きました
瓶は丘の上に　ぐるっと丸く立っています
その瓶のおかげで　だらっとした原野が
丘を取り巻きました

原野は瓶にむけ起き上がりました

あたりに広がり　もはや未開のものではありません
瓶は地面にぐるっと丸く立ち
高々とそびえ　空中に浮かぶ門なのでした

瓶はすべてを支配するのでした
陰鬱で飾り気のない瓶
鳥が飛び出すことも薮が生えることもない
こんなものテネシーのどこにもありません

不思議な詩である。出だしは言葉も構文も単純、くっきり明瞭で疑いようのない、描線のしっかりした絵のようである——I placed a jar in Tennessee,/ And round it was, upon a hill./ It made the slovenly wilderness/ Surround that hill. ところが、この瓶は地面に置かれるや、あれよあれよという間に変貌していく——The wilderness rose up to it,/ And sprawled around, no longer wild./ The jar was round upon the ground/ And tall and of a port in air. 瓶そのものはともかく、周りの様子がだんだん変わってくるのである。荒野がひれ伏し、瓶を取り巻いて褒め称えるように見える。瓶の方も何だか偉そうに高々とそびえている。結末部、いつの間に瓶は、支配者のように野に君臨している——It took dominion everywhere./ The jar was gray and bare./ It did not give of bird or bush. ところが、それでいよいよどうだ、というオチの一行はこうである——Like nothing else in Tennessee. ちょっと拍子抜けするのである。さて、この瓶はいったい何なのでしょう?

答えは「木」である。以下、その理由を説明してみよう。スティーヴンズの「瓶の逸話」は、木を語る詩の伝統の中に位置づけられるのではないか、というのが筆者の考えである。ただし、舞台はアメリカ。これもひとつのポイントとなる。

永遠の木のスピード　テニスンとワーズワスのイチイ

木のことを考えるにあたって、まず注目したいのがイチイの木(yew-tree)である。英国の教会墓地では、必ずと言っていいほどイチイの姿が見られる。中には樹齢数百年というものもあり、教会設立以来の生育ということもしばしばである。なぜイチイが墓地で好まれてきたのか。イチイは燃料ともなるし、弓や船の建材としても有用であった。葉に毒性があることから、家畜の移動を制御するのにも役立ち、そのせいか、魔女や悪霊を退ける力を持つとされたり、また逆に魔女の住処と見られたりもする。しかし何より重要なのは、常緑樹で樹齢も長いイチイが、永遠のシンボルとして死者を守る役割を与えられてきたということだろう。[1]

英詩の中には死や永遠とイチイとを結びつける有名な例がいくつかある。たとえばアルフレッド・テニスン卿の『追憶』(*In Memoriam*)の第二歌では、イチイは死者にからみつく不気味な生き物として描かれる。

Old Yew, which graspest at the stones
　That name the underlying dead,
　Thy fibres net the dreamless head,
Thy roots are wrapt about the bones.

古のイチイよ　地中に眠る死者の
　名を刻む碑をとらえるお前は
　夢なく眠るその頭に網をかけ
骨には根を巻きつける

『追憶』はテニスンの親友アーサー・ハラムの死を悼んだ哀歌として書かれたものである。この第二歌では語り手は、人間的時間を越えて死者の時間を生きる樹木としてのイチイを描写する。季節の巡りとともにたいていの植物は花を咲かせ、実をつけ、やがては朽ちていくことで新しい生命に道を譲る。人の人生にも、生命の華やぎから衰退へという推移は見られる。これに対しイチイは、輝きとは無縁のまま永遠に変わらぬ陰鬱さの中を生きているという。

O not for thee the glow, the bloom,
　Who changest not in any gale,
　Nor branding summer suns avail
To touch thy thousand years of gloom;

お前には輝きも　盛りもない
　大風にもびくともしない
　強烈な夏の太陽も
数千年におよぶお前の闇には歯が立たない

イチイは生のサイクルを超越している。華やぎや盛りを迎えることもなく、つねに死の匂いを漂わせた荘厳さと寡黙さに包まれているのである。親友の死に直面した語り手は、ほとんど憧れに近いような感情をもって、このイチイの体現する死の世界を見つめている。

And gazing on thee, sullen tree,
Sick for thy stubborn hardihood,
I seem to fail from out my blood
And grow incorporate into thee.

お前を見ていると　陰鬱なイチイよ
お前の頑固なしぶとさに魅せられ
生命の血潮を失い
お前の中に溶け入っていくような気持ちになる

語り手はイチイとの同化を夢想することで、ハラムの旅立っていった死の世界に自ら向かおうとしているとも見える。ここに描かれるイチイは、永遠の守り神である以上に陰鬱で病的な「生の否定者」という要素が強く、何より絶望感を担わされているのだが、今の語り手にはそのような対象こそが自分を飲みこむ魅惑を放つ。家系に流れる狂気を意識し続けたと言われるテニスンだが、生と死の境界線上で語り手を「あちら側」に引きこもうとするイチイは、正気と狂気の境目をも連想させるかもしれない。[2]

ワーズワスの「イチイの木」('Yew Trees')では、ふたつの場所に実在するイチイが描かれるが、そこでも自然物でありながら自然界を超越するようなイチイの存在性に光が当てられる。前半描かれるのはロートンヴェイルに一本、孤高に聳えるイチイである。

There is a Yew-tree, pride of Lorton Vale,
Which to this day stands single, in the midst
Of its own darkness, as it stood of yore,

ロートンヴェイルの誇りたる　イチイの木がある
今日に至るまでただ一本
自らのつくる暗闇に　昔と変わらず立っている

このイチイは人間たちに武器を提供し、戦乱の歴史を生きた木なのである。しかし詩の重心は後半にある。後半では「ボロウデイルの四兄弟」（'fraternal Four of Borrowdale'）と呼ばれる四本のイチイが主役となる。単に歴史や時間を超越するだけでなく、神秘の世界への入り口となるイチイがここでは語られる。ボロウデイルの四兄弟の作り出す空間は、この世ならぬ祭儀の舞台なのである。語り手はその祭儀を、次のように抽象概念の一堂に会する様として想像してみせる。

ghostly Shapes
May meet at noontide—Fear and trembling Hope,
Silence and Foresight—Death the Skeleton
And Time the Shadow

幽霊めいた奇怪な者たちが
昼日中に集まるのかもしれない　恐怖　震える希望
沈黙　予感　骸骨の姿をした死
影となった時間

そして、こうして四本のイチイのつくる祭儀の場に集まった抽象概念は、遠くから聞こえてくる洞窟の水音に耳をすませながら祝祭の儀式を行うという。

there to celebrate,
As in a natural temple scattered o'er
With altars undisturbed of mossy stone,
United worship; or in mute repose
To lie, and listen to the mountain flood
Murmuring from Glaramara's inmost caves.

そこで祝うのだ
ひとつに結ばれた崇拝を
ひっそりと苔むした石の祭壇を散りばめた
自然の寺院でそうするように　あるいは静けさに包まれた平安のうちに
横たわり　グララマラの深奥の洞窟から聞こえてくる
山の川音のつぶやきに耳をすませるのだ

このような結末には、イチイの木の持つ超自然的な時間性と、神秘的な「知」の力との結合が見られるだろう。テニスンのそれと同じくワーズワスのイチイも陰鬱な闇に覆われてはいるが、この神秘はその向こうに、どこか清らかで瑞々しく、生命の力に通ずるものをも感じさせる。

木を語る詩は多い。創世記以来、木には特別な意味がこめられることが多かった。そうした中でも、今見たようなイチイの描写は、木を語ることの持つ意味を凝縮した形で表現していると言える。何よりもまず、木はその姿形において直立した人間と似ている。しかし人間とは違い、決して言葉を発することはない。今にも語り出しそうでいて語らないのである。木に変わってしゃべるという、絵画詩を思わせるような木をめぐる語りならではの設定がとられるのはこのためである。

こうした木の寡黙さはその生命の形と関係づけられるだろう。木は身動きせず、成長は目に見えないほどゆっくりである。季節とともに変化するとはいえ、その変貌は現在進行形で確認されるわけではなく、人は常にその変化を遅れて視認する。「あ、もう葉が落ちている」といったように。木は人間には決して体験されえない「ゆっくり」な時間を生きている。ワーズワスが「イチイの木」で言うように、木はあまりに「ゆっくり」であるという点において、人間的な時間を越えうるのである。

Of vast circumference and gloom profound
This solitary Tree!—a living thing
Produced too slowly ever to decay;

巨大な胴回りをもち　深い闇をたたえる
この孤独な木！　生きているにもかかわらず
あまりにゆっくりと生み出されたため　朽ちることはない

この計り知れない時間が、計り知れないほどの「知」を暗示するのである。木の寡黙さは知の否定なのではない。むしろ体験知を越える「ゆっくり」によってその正しさや深さが保証されたような絶対知こそが、そこでは表現されている。アダムとイブが憧れ、しかしほんとうの意味では手に入れることのできなかった究極の「知」がそこにはある。

木はすでに失われている　ホイットマンの樫

木を語るとき、人は木に人間を越えるものを見ている。根本にあるのは、木の不動性と土地との深い結びつきへの畏怖だろう。そのあたり、ウォルト・ホイットマンの「私はルイジアナで樫の生い茂るのを見た」('I Saw in Louisiana a Live-oak Growing') にもよく表れている。この詩で憧憬とともに語られるのは、ルイジアナという地名と強く結合した、木の力強い立ち姿である。冒頭は鮮烈なイメージとともにはじまる。

I saw in Louisiana a live-oak growing,
All alone stood it and the moss hung down from the branches,
Without any companion it grew there uttering joyous leaves of dark green.

ルイジアナで私は樫の生い茂るのを見た
たった一本で立ち　苔が枝から垂れ下がっていた
友もなく　しかし歓喜に満ちた濃い緑の葉を繁らせていた

語り手はこの樫から一本の枝を折り取り、遠く離れた土地の自室に飾る。

And I broke off a twig with a certain number of leaves upon it, and twined around it a
little moss,
And brought it away, and I have placed it in sight in my room,

私は何枚かの葉のついた枝をそこから折り取り　小さな苔を巻きつけ
持ち帰って　自分の部屋に飾った

その枝を見るたびに木の颯爽とした様子が思い起こされ、それが力強く一人立ちしていたかつての自分の姿と重なって見えるという。ヘルムズの説明するように伝記的背景にあるのは、ある男性との恋に陥った結果、孤独に耐えられなくなったホイットマン自身の傷つきやすい不安定な心である。

For all that, and though the live-oak glistens there in Louisiana solitary in a wide flat space,
Uttering joyous leaves all its life without a friend a lover near, I know very well I could not.

それにもかかわらず　そして樫はルイジアナの広大なあの平原で
　ひとりきらきらと輝いているというのに
友も恋人も近くにいなくとも　歓喜に満ちた葉をずっと繁らせているのに
　私にはそれは無理だとわかるのだ

語り手はルイジアナの樫の、友もなくひとり葉を繁らせるその生命力に魅了される一方、もはやそのような姿勢をとることのできない自分の現状を痛切に感じてもいる。樫はある過去の一点を表すとともに、特定の場所にもとどまることで、失われた時の喪失感を土地の喚起力のうちに表現している。

そもそも抒情詩は、死者とその埋葬場所のためにこそ書かれるのだ、というワーズワスの持論がある。前回の「眠りは私の心を封じた」をめぐる議論でも触れたように、ワーズワスは詩の起源を墓碑銘に見ていた。ジョナサン・ベイトは『ロマン主義のエコロジー』（*Romantic Ecology*）の中でこの問題に触れ、次のように説明する。

どのような文化にも死者のための記念碑というものがある。そしてワーズワスの言うように「人々は文字を使えるようになるや否や、これらの記念碑に碑文を刻んだ」のである。記念碑に刻まれたものとしての墓碑銘は、文字で書かれた詩の起源であり、おそらくは書くという行為そのものの原点にもあるものだ。我々が「抒情詩」と呼ぶところのもの——すなわち書かれた詩であり、強烈な感情に根ざし、人や場所を記念し永遠化するもの、とくにワーズワスを代表とする「ロマン派」の伝統と不即不離のもの——この抒情詩なるものの根っこにあるのが墓碑銘なのだ。（八七）

抒情詩を書くという行為は、埋葬と鎮魂の一環だというのである。書くことを通して想いをはせ、感情を喚起し、記念するというロマン主義的な詩のパタンが、死者を思うとともに死者の眠る土地を聖化するという儀式へとつながる。

こうした抒情詩=墓碑銘説と、人間的時間を超えて「ゆっくり」を生きる木に失われたものとの架け橋を見るという、木をめぐる語りのありようとは重なって見える。ワーズワスからいまひとつ例をあげれば、「サンザシ」（'The Thorn'）はまさにそうした墓碑銘としての木を語る詩である。

There is a thorn; it looks so old,
In truth you'd find it hard to say,

How it could ever have been young,
It looks so old and grey.

あるところにサンザシの木がある　とても古いもののようで
はっきり言って
かつてはそれも若木だったとは　とても思えない
それほど古く　陰鬱に見える

「サンザシ」で実際に展開されるのは、すでに亡くなったある女性をめぐる悲劇である。サンザシそのものが物語と関わることはないのだが、木は死者の世界への入り口として機能し、まさに墓碑銘となりえている。「若木のときのことなど　とうてい想像できない／それほど古く　陰鬱に見える」という一節に示唆されるような、木の生きる計り知れない時間は、それが人間の隠喩であるという以上に、死者の隠喩であることをうかがわせるだろう。

スティーヴンズのなぞなぞの答え

なぜスティーヴンズの瓶は木なのか？　ひとつには、それが死んでいるから、である。「瓶は陰鬱で飾り気がなかった」(The jar was gray and bare.) という描写の意味は、今引用した「サンザシ」の「それほど古く　陰鬱に見える」(It looks so old and grey) という一節を参照すれば明らかになるだろう。瓶が gray で bare なのは、それが墓石であり、死を表すからだ。ちょうど木が、死の世界に一歩足を踏み入れているように。

しかし、瓶は死んでいるだけではない。瓶が木であることの理由はもうひとつある。瓶を置くことで世界は変わった。荒野はひれ伏し、世界には同心円上の秩序が生まれた。瓶は権力の誕生を高らかに宣言したのである。瓶は土地に根づき、栄え、表象する。瓶とは行為であり、現象であり、事実であった。瓶は明らかに生きている。だから、ちょうどホイットマンの詩の冒頭が、ルイジアナという土地で堂々と繁茂する樫に脚光をあてるように、スティーヴンズはいびつなほど強引なやり方でテネシーという土地を引き立てる。

I saw in Louisiana a live-oak growing

語り口の類似は偶然ではない。どちらの作品も、場所と「木」との結びつきに唐突なほどの烈しさで感動することで、語りが動機づけられるのである。

これまで行われてきた「瓶の逸話」の解釈には二つの大きな流れがある。おもしろいことにそれぞれが、今あげた瓶のふたつの側面に対応している。一方の解釈はこの詩をジョン・キーツの「ギリシャ壺によせるオード」(‘Ode on a Grecian Urn’)の後継とみなし、無言を貫く対象物に変わって語り手や周囲が右往左往しながら語りを紡いでいくような絵画詩的な状況を読む。むろん瓶は絵画詩でとりあげられるような芸術作品ではなく何の変哲もない日常品だが、そこにはいかにもデュシャンのオブジェに驚愕したばかりの二十世紀初頭のアメリカらしい、物質文明への過剰反応が見られると言えるだろう。キーツの詩と「瓶の逸話」とを結びつける批評家の代表格と見なせる**W・J・T・**ミッチェルは次のように言う。

> 絵画詩で取り上げられるイメージは、その不動性ゆえ、絵画詩の語りの声に対して、決して屈服することのない大文字の他者のような力を発揮しうるが、［この詩は］まさにそうした力を演じてみせていると言える。 (一六八)

絵画詩で重要となるのは、対象と語りとの間に生ずる時差である。対象が動かず語らないという状況においては、無時間の世界と時間の世界に圧倒的な差異が生じている。絵画詩とは、時間世界から逃れられない言葉というメディアが、ナゾの他者としての対象物を、時間を超えた存在として表現する様式だと言える。そこに見えてくるのは、遅れることによってではなく、先んじてしまうことによって、つまり自ら「ゆっくり」を行うことによってではなく、対象の「ゆっくり」を羨望することによって成就されるような主体と対象との関係のありようである。

このような解釈に対しフランク・レントリッキアが次のような指摘をしたことはよく知られている。

（八）

はじめに「置く」という行為を行った「私」は、二行目以降どこかに消えてしまう。生身の人間が主人公としていたはずなのに、それが全体を見渡すような傍観者に取って代わられる。つまりどこか遠くから語る声、もしくは何のかかわりももたない見物人だけが残るのである。そのかわり、いつの間にか瓶は勝手に自分の意志を通し始める。はじめは「私は置いた」だったのが、「瓶がさせた」(It made)、「瓶がなった」(It took)、「瓶は生み出さない」(It did not give) という言い方になってしまう。瓶こそが行為者となるのである。

この詩がほんとうに描こうとしたのは、動かず語らない静物のような瓶ではなく、むしろその瓶をめぐってなされる行為だというのである。すべてをはじめたはずの「私」はどこかに消え、以降は瓶が主体の地位に居座る。この見方に沿って読んでみると、この詩が主体と客体との間の他動詞的な働きかけ関係の上に書かれていることが見えてくる。語りの進行において鍵となるのは、「私は置いた」(I placed) につづく、「瓶がさせた」(It made)、「瓶がなった」(It took)、「瓶は生み出さない」(It did not give) といった他動詞表現なのである。瓶は確かに自ら語ることはないが、どうやら何事かを発生させる、その大元となっている。

「瓶の逸話」という作品を、動かず語らない、死んだ対象をめぐる語りととるか、あるいは実際の働きかけ関係を伴った、世界に何事かの起きる語りととるか。このふたつの対立する読みをともに生かすのが、瓶=木という解釈なのである。瓶は墓碑銘としての木とも読めるが、同時にそれは、土地に根を生やして成長し、繁茂し、ついには世界を支配するほどの生命力を持った木とも読める。もちろん木であるからにはその成長の様子もまた、「ゆっくり」とともに描かれるのだが、この木を取り巻く世界には独特なスピード感が生じている——「原野は瓶にむけ起き上がりました/あたりに広がり　もはや未開のものではありません」(The wilderness rose up to it,/ And sprawled around, no longer wild.)。早いとも言えるし、ゆっくりとも言える、そういう描かれ方である。木を語るとき、我々はつねに木との時差を意識せざるを得ない、そのことを思い出させるような、何とも不思議な時間性を伴った描写である。

それにしてもなぜ「私は瓶を置きました」(I *placed* a jar) なのか? 冒頭、英国の教会墓地における樹齢の長いイチイの役割に触れた。二十世紀初頭のアメリカで書かれた「瓶の逸話」が、数百年に渡って死者を守ってきた墓碑銘としての木をではなく、これから新たに植えられねばならない、つまりすでにあるものとしての木ではなく、これから書かれねばならない木を念頭においたと考えるのは、それほど的はずれなことではあるまい。

9 詩の利益率

第II部では主に詩とスローモーションの関係を考察してきたが、それぞれの章で焦点をあてたのは比較的短い詩であった。これは近代の詩に期待されている短さ、刹那性、寡黙さといったものが、語りや読書をめぐる「ゆっくり」と深いところで結びついていることとも関係する。近代とは時間を金銭や労働の指標に読み替えることで成り立ってきた時代である。近代の文学は、そうした時間意識に抗いつつ、しかし、どこかで時間＝カネという考え方に支配されてもきた。そんな葛藤はとくに、短さのインパクトに依存することの多い詩というジャンルでより鮮明なのである。

短く、俊敏で、簡潔なものとしての詩は、その短い形の中で、より大きく重いもの、広々と豊かなものを表現しようとする。詩は縮減のベクトルに抵抗をし、一瞬のうちに終わるような短い形式の中に、短くは語りきれない複雑なもの、大きいもの、ゆっくり流れるものなどを作り出し近代の効率主義に逆らおうとするのである。しかし、近代から現代にかけて抒情詩が便利なジャンルとしても語られてきた背景には、大きなものを語ろうとする詩が、それゆえにこそ、近代的な時間＝カネという意識に適合しえたという事情もあった。小さく短い形の中で多くを表現しようとする抒情詩の傾向自体、まさに近代ならではの、効率主義のイデオロギーへの回帰を示唆しうるからである。

この章ではこのあたりの事情を頭に入れた上で、短さの問題を起点に、小さいスペースで多くのことを表現しようとすることが詩人や批評家の関心事となった様子を「ゆっくり」の問題とからめて考えたい。まずは瞬間を長いスローモーション的な時間へと分解していったことで知られる批評家ウォルター・ペイターをとりあげ、短い時間の中で饒舌なまでに多弁になることの意味について考える。その上でシェイクスピアとジョン・ダンのソネットの分析を行い、小さい形の中で多くを語ることがどういうことかを詳しく検分してみたい。こうした考察を通し、いかに「ゆっくり」と近代特有の「富」の意識とが密接に関連しているかを確認できればと思っている。

一粒で二度おいしい、のイデオロギー　ウォルター・ペイターと瞬間

ウィリアム・エンプソンの『曖昧の七つの型』（*Seven Types of Ambiguity*）以来、「表現の豊か

さ」とか「行間」とか「深さ」といった標語は近代批評の根本原理となってきた。その背後には「一粒で二度おいしい」の思想、つまり、より少ない形からより多くの意味を享受することが善であるという考え方がある。元々エンプソンから更に遡ったヴィクトリア朝期には、抒情詩こそを詩の伝統の中心に据えようとする抒情詩至上主義が幅を利かせていた。そうした考え方を標榜した批評家の代表格がウォルター・ペイターである。

『ルネッサンス』（*The Renaissance*）の中でペイターは、芸術作品における形式と内容の一致の重要さを説いたうえで、詩の中でも抒情詩こそがそうした理想をかなえるのだと言う。

理想的な詩とは、「形式と内容との間の」この差がもっとも小さくなったものである。抒情詩の場合、形式を内容と別物として扱おうとすると、肝心の内容そのものが伝わらなくなる、それくらい抒情詩においては形式と内容とは不可分のものなので、そういう意味では抒情詩は、芸術という観点からみると、あらゆる詩の中でももっとも高度で洗練された様式だということができよう。（一〇八）

抒情詩こそが詩である、というペイターのこのような考え方は、おそらく今でも詩をめぐるさまざまな常識のひとつとして人々に共有されている。「まるで詩みたいだね」と人がつぶやく時に頭にあるのは、『失楽園』（*Paradise Lost*）や『愚人列伝』（*The Dunciad*）ではなく、「秋に寄せるオード」（'To Autumn'）、「かいなき涙」（'Tears, Idle Tears'）、「ドーヴァー海岸」（'Dover Beach'）といった短い抒情詩である。それらこそが「いかにも詩らしい詩」なのである。

では抒情に備わる「詩らしさ」とは何なのだろう。続く部分で、抒情詩の特徴についてペイターは、「そうした詩においては主題をある程度隠したり茫洋としたままにしておくことによってこそ作品の完成度が高まっており、意味内容といっても単純にパラフレーズしたり説明したりはできないことがしばしばのように思える」と言っている。つまり、曖昧模糊として何を言っているのかわからないことが、むしろ抒情詩の効果に結びつくというのである。

こうした茫漠とした陶酔的な抒情はテニスンの作品などを典型例として、ヴィクトリア朝の詩に特徴的に見られるものである。T・S・エリオットはこうした傾向を気分や雰囲気への偏向として批判したが、分析批評の旗手としてのエンプソンにしても、あるいは複数の解釈を誘発するような詩行を自ら書いたエリオットにしても、少なからずそうした多義性や曖昧さへの志向を受け継いだのであり、それがひいては「小さいものから多くを得る」というイデオロギーを二十世紀的な知のパラダイムとして普及させるのに一役買ったわけである。

ペイターは対象となる作品の中からそうした「豊かさ」の種を見つけだすとともに、批評的な実践として、それらをきらびやかに語り直そうともしている。以下、すでに引用した「ジョルジヨーネ派」の中から実例をあげてみよう。有名な「あらゆる芸術は音楽となることをめざす」という理念を掲げたペイターは、ここではジョルジョーネの作風を描写している。（ペイターの演出がわかりやすいように、英語原文もあげる。）

The master is pre-eminent for the resolution, the ease and quickness, with which he reproduces instantaneous motion——the lacing-on of armour, with the head bent back so stately——the fainting lady——the embrace, rapid as the kiss, caught with death itself from dying lips——some momentary conjunction of mirrors and polished armour and still water, by which all the sides of a solid image are exhibited at once, solving that casuistical question whether painting can present an object as completely as sculpture.

（一一八）

師匠たるジョルジョーネは、抜群の切れ味と余裕、敏捷さをもって瞬間的な動きを再現した——悠々と頭を反り返らせて武具の紐を締めるさま——気絶する貴婦人——接吻と同じくらいすばやくなされる、死んでゆく者との、死そのものをも生け捕りにするような抱擁——鏡と磨かれた鎧と水面とが瞬間的に重なることによる、ひとつの確固たる像の、そのさまざまな面のいちどきの表出、およびそれに伴う「彫刻のように完全に対象を表すのは可能か？」

という絵画にとっての無理難題の解決。

ジョルジョーネによる瞬間の描き方にこだわるペイターは、絵画というものが、静止画面というメディアとしての限界にも関わらず、非常に豊かで多様な動きを表現しうることを示そうとする。瞬間であるにも関わらず、瞬間以上の時間を表すのが絵画というジャンルなのである。そうした議論を展開する際に、ペイター自身の文章が「小さいものから多くを得る」という考えに則したものになっていることにも注目すべきだろう。ダッシュの多様など、ひとつの文を引き延ばせるだけ引き延ばすことで、シンタクスや意味を曖昧にし、標準的な英語の文章では叶わないような、独特の思考を生みだそうとしているのである。そこに見られるのは、いかにして短い瞬間を、瞬間以上の長い時間で満たすかという発想である。

Now it is part of the ideality of the highest sort of dramatic poetry, that it presents us with a kind of profoundly significant and animated instants, a mere gesture, a look, a smile, perhaps—some brief and wholly concrete moment—into which, however, all the motives, all the interests and effects of a long history, have condensed themselves, and which seem to absorb past and future in an intense consciousness of the present. （一一八）

劇的な詩の中でもとくに洗練されたものが理想的な表現を得たときには、非常に意味深い、生き生きとした瞬間を必ずや提供してくれるものである。ちょっとした仕草、表情、あるいは笑いなど——短く、いかにも実際にありそうな一瞬なのだが——そこへ長い歴史を背負った動機や関心や効果といったものがすべて凝縮され、まるで今現在の強烈な意識が過去と未来とを飲みこむかと思えるほどなのである。

単に瞬間を引き延ばし充実させるというよりは、時間感覚をめぐる逆転現象がここでは起きている。長い歴史の積み重ねは、一瞬の時間に従属する。そうやって短い限られた枠の中で表現されることでこそ、歴史は「強烈な」(intense) ものへと昇華されるのである。この強烈さにペイターが美的価値を見出していることは言うまでもない。ペイターの文は構造を失うかとばかりにほどけて溶解し、なかなかピリオドに到達しないが、そうしたシンタクス的延長により目一杯肥大したひとつの文を通してペイターは、短くも長くもあるような、局所的限定的でもあり、かつ、広大無限でもあるような瞬間の美学を実践しているのである。

それにしてもなぜ、こうも瞬間にこだわるのか。『ルネサンス』の結論部でペイターは、時間というものが無限に微分可能だとし、我々の受ける印象というものが時間の中に生起するものである以上、印象もまた絶えず流れる時間の中で常に変化し続けるものだとする。[1] これはペイターの印象主義を説明する重要な考えだろう。我々の現実というものは、この絶えず変転する印象群の中に細かく散っていくのである。[2] だから、現実をとらえるということは、このかけらの数々を浴びるということにほかならない。

これは第一章で扱ったマレーの連続写真を想起させる現実感覚である。現実をよりよく見るためには、それを小さく細かく分解していく必要があるという前提がある。それを続けていくうちに、ついに現実とは似ても似つかないような、ほとんど無機的なレベルの微分化に逢着してしまうのである。ただ、ペイターの場合は、あくまで正確さにこだわったマレーとは違い、微分化の果てに美の横溢や感情の強烈さ、陶酔感など、いずれも「多量さ」とつらなるような感覚がひかえていた。ウィリアムズの言い方を借りれば、近代の宿痾としての「断片化」(fragmentation)と「独我性」(solipsism)とを、ペイターはそれぞれ「収縮」(contraction)と「拡大」(expansion)というい相矛盾しかねないふたつの原理の融合で乗り越えようとしたのである(二九-三〇)。いささか逆説的なのだが、「文体」というエッセーの中で文章スタイルの正確さを説くときにさえ、ペイターは特有の散逸的な文体を使っている。

Self-restraint, a skilful economy of means, *ascêsis*, that too has a beauty of its own; and for the reader supposed there will be an æsthetic satisfaction in that frugal closeness of style which makes the most of a word, in the exaction from every sentence of a precise relief, in the just spacing out of word to thought, in the logically filled space connected always with the delightful sense of difficulty overcome.
（七六）

自己抑制とは、手段をうまく効率的に使うということであり、禁欲とも呼べるもので、それ自体、美しいものである。ひとつの言葉から最大限のものを引き出すような無駄のない緊密な文体、あらゆる文からきっちりと成果を取り立て、言葉を思考へとをぴたりと一致させ、たいへんな何かを成し遂げたという感覚を喜びとともに感じさせるような、論理ですべてがしっかりつながっているような実感、これらは読者にとって美しく心地良いものと感じられるだろう。

ペイター自身の文体が、自己抑制どころか、過剰な浪費を感じさせ、その饒舌さにおいて、ほとんど失語症を思わせるほどの拡散的で焦点の定まらない耽溺性を示すのは興味深い。第一章の「江夏の21球」や絲山秋子の作品の分析を通して指摘したように、文章におけるスローモーションには言語化の拒絶という側面がある。ペイターの瞬間至上主義は、一見「小さいものから大きいものを生み出す」近代的な効率主義と重なるように思えるが、究極のところで生産性を拒絶し、その無駄で、過剰で、意味に収斂しない多弁を通して、論理や生産性よりも感情や美をこそ上に置くような価値観へのスライドを実現しているのである。だからこそ抒情詩なのだ。感極まることで言葉をなくすaposiopesisという古典詩以来のレトリックがあるが（ラナム　一八六）、瞬間の微分化としてのペイター流のスローモーションにおいては、必ずしも生産的ではないこうした「感情の過剰」が、近代的な時間＝カネという価値観への抵抗を具現するのである。

　エリオットが「形而上派詩人」の中で指摘したように、そもそも感情は論理とは対立するべきものではなかった。それが、まるで感情が論理や生産性と対立するかのように捉えられるようになったのだとするなら、まさにそこに近代の兆候があるということになる。ペイターが行ったのも、効率主義に対してアンチテーゼを発明するということではなかった。むしろ効率と生産の思想が感情や美と対立しうるかのように語った、つまり、両者の間に対立軸を呼びこんだこと自体が重要なのである。その基盤となったのが、連綿と流れる歴史的な時間に、スローモーション的な微分によって無限化される瞬間を対峙させるという美の方法だったのである。

遡れば、ワーズワスを代表としたロマン派の詩人にも、明らかにこうした瞬間の美学への傾斜は見られる。第六章でとりあげた、「オード」における「私は感ずる　すべて感ずるのだ」(I feel—I feel it all) という感覚が象徴的に表すように、時の一点を深々と掘り下げ、知覚体験をスローモーションとともに時間的に微分化するという方法は、背後にある「小さいものから大きいものを得る」という原理において、近代的な生産主義の価値意識と不即不離の関係をとることになるのである。逆に時代を下っても、第七章で見たように、ペイターを遠く先祖として仰ぐことになった二十世紀の文芸批評の方法において、時間的な微分化に根ざした「小さいものから大きなものを」という原理は強力な影響を及ぼしてきた。文学における「ゆっくり」は、こうして小さい／大きい、少ない／たくさんといった対立を、速さ／ゆっくりの対立に変換することで、近代最大の関心事としての「富」の問題と深く結びついてきたのである。

あなたは時間になる　シェイクスピアのソネット一番

時間が計量可能なものとして意識されるようになったのは、時計が普及しはじめたシェイクスピアの時代である。その結果、「小さいものから大きいものを」という生産の理念は、時間にも適用されるようになった。美しい青年に向け、「時はどんどん流れていくのだ、だから今のうちに、子孫を作ってあなたの美を再生産せよ」と語るシェイクスピアの『ソネット集』にも、たしかに時間=カネという近代的な効率主義の萌芽は見られる。そもそもソネットという様式自体が、「小さいもの」の典型例なのである。こうした点を踏まえ、このセクションではソネットが「ゆっくり」を介して近代特有の「富」の意識と密接につながることについて、シェイクスピアやダンの作品の読解を通して確認してみたい。

言うまでもなく、ソネットは西洋の文学形式の中でももっとも短いもののひとつである。とくに英語圏では、はじめてソネット形式が移入された十六世紀以降、短さや小ささの持つ「冴え」こそがこの形式の売り物となる傾向があった。abbaabbacdcdcd という風に同じ韻を多用するペトラルカ式とは違い、英語式のソネットでは ababcdcdefefgg と、押韻しにくい英語特有の事情に合わせて韻にヴァリエーションを持たせる傾向があったが、その付随的特徴とも言えるのが、最後のカプレットであった。コウリーの指摘するようにシェイクスピアの『ソネット集』でも、しばしばエピグラム的な寸言が構造上の要となり、鋭さや冴えの印象を与えている（七五など）。ただ、その一方、『ソネット集』では青年の美を褒め称えるに際しても財産の隠喩が頻出し、ブルジョア資本主義者かと見まごうほどに利潤や富が称揚されてもいる。背後にあるのは聖書やギリシャ・ローマの古典世界にも通底するような、物質的な豊かさの理念に基づいた「たくさん」の価値意識である（カズン　一二九―三〇）。こうした豊かさへの憧憬が華麗な展開性に富んだ構成にも反映され、「抒情詩らしい俊敏さとナラティヴ的拡大の拮抗」（ストランド&ボーランド）の上に成り立つような、矛盾をはらんだ両義的なソネットの枠組みが形成されることになる。ソネットは「小さく少なく閉じ、それでいてなお深くあれ、大きくたくさんであれ」と無理難題の課されたゲームとなったのである。詩人たちはこの無理難題をクリアするために、あの手この手で読者をそそのかし、罠にはめ、幻惑する。だからソネットをしっかり読むためには、こちらもまずはうっかりだまされてみる必要がありそうである。

まず『ソネット集』の冒頭を飾る一番にどんな仕掛けがこらされているかを読んでみよう。

From fairest creatures we desire increase,
That thereby beauty's rose might never die,
But as the riper should by time decease,
His tender heir might bear his memory;
But thou, contracted to thine own bright eyes,
Feed'st thy light's flame with self-substantial fuel,

Making a famine where abundance lies,
Thyself thy foe, to thy sweet self too cruel.
Thou that art now the world's fresh ornament
And only herald to the gaudy spring
Within thine own bud buriest thy content,
And, tender churl, mak'st waste in niggarding.
  Pity the world, or else this glutton be,
  To eat the world's due, by the grave and thee.

美しく造られたものには　是非とも増え栄えて欲しい
そうすることで　美という薔薇が朽ちることなく
年老いたものが時の経過ののちに没しても
その若い跡継ぎが面影をたたえてくれるように
しかし　あなたは自分の輝かしい目にかかりきりで
その火に燃料をくべるため　自分自身を浪費するばかり
豊作のはずが　飢饉となり

まさに自分が自分の敵　甘美な自分に酷い仕打ちをする
今　この世を若々しく飾るあなた
気持ちの良い春の　並ぶ者のない先駈けであるあなたは
自分の蕾に持てるものを埋め
けちんぼよろしく　吝嗇に走って大切なものを無駄にする
　この世に情けをかけよ　さもなくば貪欲さそのものだ
　この世の取り分を自分で　そして　やがては墓で食い尽くすも同然だ

一般論ではじまるソネットである。美しい人こそ、その美を後世に残すべく子孫を繁栄させるべきなのだ、という。男性の語り手が美しいパトロンの青年に、「あなた、子供をつくりなさい」と諭すというこの何とも怪しげな設定は、『ソネット集』冒頭の十以上のソネットで一貫して用いられるものである。しかし、ただ単に「子をつくれ、生め、増やせ」と言い募るだけではない。たとえばこの冒頭部では、まず一般論が四行ほどつづいてからはじめて五行目で、**But thou, contracted to thine own bright eyes...** という呼びかけがくる。五行目になってやっと「あなた」が表に出てくるのである。なぜか。

　ためしに穴蔵のような入り口をもった地下の喫茶店を想像して欲しい。薄暗い階段を下りていってドアをあけると、天井から裸電球がさがっていて、ところが思いがけず、その向こうに明るい空間が広がっている。はっとする。しかし、それは鏡に映った、外の明かりを背景に立ち竦んだ自分自身なのである。五行目の呼びかけはこれと似ている。それまで一般論を媒介に築かれてきた語り手と読者の間の黙契が、ここへ来て小さく転覆される。テクストは語り手と読者一般とを結んでいたはずだったのに、ここへ来て、それが語り手と「あなた」という特定の人物との間をこそつないでいたことが判明するのである。その「あなた」に一瞬、自分自身を重ねてしまう読者もいるかもしれない、いずれにせよここで起きるのは、はじめに前提とされていたテクストの空間が思いがけずまったく別のスケールに転換されてしまうような、眩暈の感覚である。読者の焦点が、つかの間、ぼける。

今、鏡の比喩を用いたのは、この幻惑感が広いものを狭く見せる一方で、狭いものを広くみせもするような、一筋縄ではいかない操作に基づいているからである。呼びかけは頓呼法（apostrophe）として英詩の中でもよく用いられるもので、感情の極みを表現することが多い。五行目は一般論を助走にした語り手が、ついに個人的な思いをぶちまける抒情的跳躍の地点であり、声の最大化の瞬間である。しかし他方、語り手はここで「あなた」に向けて語り始めもする。つまり、今までのようにパブリックな声高さで不特定多数に対して語りかけることをやめ、「あなた」という親密な間柄の相手に、距離の短い、非常にパーソナルな語りをはじめるのである。声の感情が高まりその到達範囲が広がる一方、語り手と「あなた」の対峙する関係の場はぐっと狭くなっている。

こうしてソネットの空間は五行目になって拡大したとも、縮小したとも言えるのである。おそらくそこにあるのは、狭い環境でなお、大きな場を想定したかのように行われる語りなのである。独特の密集感、狭い空間で逆に膨張しようとするような充溢感がそこにはある。

このような仕掛けにこだわったのは、その後に続く「あなた」の描き方が、この密集感と関わっているからである。同じような構文が二回続くので比べてもらいたい。ひとつは今の五行目からの部分。

But thou, contracted to thine own bright eyes,
Feed'st thy light's flame with self-substantial fuel

もうひとつは九行目から。

Thou that art now the world's fresh ornament
And only herald to the gaudy spring

Within thine own bud buriest thy content

いずれも「あなた」Thou という主語の提示のあと、contracted to thine own bright eyes とか、that art now... といった挿入部分のある、つまり〈Thou＋挿入部分＋verb〉という構造になっている。

第三章で話題にしたワーズワスの「眠りが私の心を封じた」とは違い、このソネットにおける述語の遅延はかなりお約束に則ったもので、不安の少ない、行く先のある程度見えたものだと言える。『ソネット集』全般でこうした挿入表現は多用されているので、あらためてその効果について考えてみると、まず、こうして「あなた」のあとにためをつくることで、「あなた」の重要さが際立つということはあるだろう。とくに「あなた」の名詞としての存在感が屹立する。と同時に、言えるはずのことをさらっとは言えずに間を持たせてしまうような、どこかに感情の引っかかりというか、情の深さのようなものが隠れている重たさも伝わってくる。

さらに考えられるのは、これは英語の同格的表現や関係詞節につきものの特徴だが、微妙に「〜だから」「〜なのに」という理由説明や逆接のニュアンスが加わるということである。原詩に付した訳では、五行目は「あなたは自分の輝かしい目にかかりきりで」としたが、ここには、「……かかりきりだから」という含みもあるだろう。九行目も、「この世を若々しく飾るあなた」

と訳したが、そこにはニュアンスとして「あなたはこの世を若々しく飾るにもかかわらず」という意味が入ってくる。つまりいずれにも、「だから」とか「かかわらず」といった論理的な方向付けの仕草を読みとることができるのである。こうした仕草には、相手を自分の議論に引き込んで説得しようとする意図が見える。くだくだしく、言い訳的で、執拗で、それを突き詰めると、そもそも何をさせたいかよりも、させたいの部分だけが突出したような語り手像が浮かんでくる。させたい、とは支配欲だ。「あなた」と呼びかけられる青年をいかに言葉の中に封じ込めるかは、『ソネット集』最大のテーマのひとつでもあるのだが、こうして「あなた」という揺るぎない独立体を、「〜だから」や「〜なのに」のレトリックを通して論理の流れの中に溶解させることで、「あなた」が徐々に流麗な言葉の連続に呑みこまれていく気味がある。「あなた」は動かぬ静物として揺るがしがたく屹立するのではなく、論理の流れの中で時間化されている。言ってみれば、「あなた」は修飾され、説明され、議論されることでのみ生かされるような、刻々と変化し続ける動的な対象となっていくのである。

英語の構文の上では語り手は、thou,... という風にその後に一瞬のためをつくり息をつくことで、「あなた」を語りきれないでみせるのだとも言えるだろう。「あなた」はいわば語りの圏外にあふれ、言葉による静的な定着を逃れる。そして、そのことによって名詞としての「あなた」は捕捉不能となったとしても、「させたい」の気迫そのものは一層充満する。

十四行の中でいかに論理の流れをつくるかは詩人の腕の見せ所である。ここではそれが、「あなた」をめぐる「させたい」の衝動によってつくられている。「だってあなたはこうじゃないか」、「〜だから」、「〜なのに」としつこく食い下がり、もっと自分の言うことを聞いてくれ、と訴え続ける語り。その執拗さの向こうに「あなた」が浮かぶ。

このソネットでは、「あなた」と四行目で呼びかけがなされた瞬間から、「たくさん」と「少ない」の葛藤が表面化するのである。Thou に呼びかける声の、その声高さと密やかさとの混交した密集感はその後にも引き継がれ、語り手は「あなた」をめぐる挿入節の中で、ひとりであるはずの「あなた」を語り切るかわりに、同格や関係節を通しあれこれと理屈づけをおこなう。その過程で「あなた」は、いつまでも時間的に終わらない対象として、まさに冒頭部の一般論で語られたような複数の主体として増殖し、拡大し、しかもそれゆえにこのソネットの中に封じこめられることにもなる。

「あなた」が「あなた」でしかないのに、それ以上の時間的存在となりうるのは、「あなた」(Thou) という言葉の周辺で起きる「ゆっくり」のためである。このソネットの「ゆっくり」は、そもそも時間的ではない「あなた」という名詞的な存在を、説得という身振りを通して時間化することでつくられる。まるで、「あなた」は説得されることでしか存在しえないかのような錯覚がそこには生ずる。

ソネット一番は「たくさん」の理念にあふれた作品である。ヴェンドラーは「けちんぼ」となじる語り手の仕草そのものに、究極的には豊富さを称揚するような「見せびらかし」があることや、全編通して内省あり、非難あり、割りこみあり、予言あり、とさまざまな語りのモードが使われること、また、『ソネット集』全体に散りばめられたさまざまな重要イメージがこのひとつのソネットの中にぎっしりと詰まっていることなどを指摘したうえで、この作品が「〈たくさん〉の美に賭けた」作品だとしている（四六-五一）。「あなた」をめぐる「ゆっくり」もまた、そのひとつの表れと言えるのかもしれない。

関係詞と接続詞で仕掛ける　シェイクスピア・ソネット七十三番とダン「死よ　驕るな」

十四行という短いスペースの中にいかに長い時間を流れさせるか。これがソネットにおける「富」の創出において重要な課題となる。しかし、ペイターの美の方法を特徴づけたようなロマン派的な「過剰なる瞬間」が現れる前の時代には、ペイター流のスローモーションは選択肢にはなかった。時を徹底的に微分化することで、一瞬の中に無限の時の礫を見出すという感受性はまだ芽生えていなかったのである。

その替わりとなったのは何か。たとえば今「あなた」への呼びかけに関して取り上げたような、アポストロフィに伴う視点の転換や声の転調などは頻繁に使われる方法のひとつだった。十四行というソネットの枠を、どう区切り裁断していくかで、十四行というスペースは四＋四＋四＋二ともなれば、八＋六ともなれば、二＋二＋二＋……ともなる。そうした区切りからくる断絶や飛躍の感覚をうまく利用すれば、時間を作り出すことができた。また、ソネットが元々持っていたとされる議論的な性格を最大限に利用して、対象を論理的に語られ説明されねばならない存在として執拗に、長々と、くねくねと解きほぐし、そこに時間を暗喩する、という方法についても上記で確認した通りである。

一見無時間的とも思える論理の流れを「長い時間」としてスローモーション的に表現するという方策はまさにソネットならではのものだろう。ソネットは限定的で、厳密で、しかもなお、明確な結末の要請される様式なのである。そうした要請に応えるためには、連鎖と因果関係の絡み合いの中で巧妙に語りを練り上げる技術が必要となるわけだが、それが十四行という限定的なスペースの扱いをきわめて洗練させたものにしていった。

この洗練法について、こんどは関係詞と接続詞の使い方に焦点をあて、もうふたつほどの作品例をあげて考えてみたい。

シェイクスピアのソネット七十三番は、何とももの悲しいトーンの、哀愁感あふれる作品である。詩人三十代の作と言われるが、老いを自覚し、枯れていく自己を思い切り悲しんでいる。「僕はもう朽ちていなくなるのだ。もっと僕を愛せ」というメッセージ。それが嫌な感じではない。『ソネット集』にときおりある、「あなた、あなた、もっとこっちを向いて、僕を見て、見て」というしつこい感じもない。とくに出だしの四行がいい。

That time of year thou mayst in me behold
When yellow leaves, or none, or few, do hang
Upon those boughs which shake against the cold,
Bare ruined choirs where late the sweet birds sang.

私の中にあなたはこんな季節を見るかもしれない
葉が黄色く枯れ　すっかり落ち　あるいはわずかに残っているような
枝の冷たい風におびえて揺れる季節を
先頃甘い歌声の鳥たちが聖歌隊として陣取ったこの場所も　今やむき出しの廃墟となってしまった

二行目でyellow leavesからnone、そしてfewとなるあたりなど、詩人が、そしてその言葉が、実にうまく枯れていく、静謐の中で、命の余韻がすーっと消えていく様が音となって聞こえてくるようだ。[3] だから「先頃甘い歌声の鳥たちが聖歌隊として陣取った場所」(where late the sweet birds sang) というノスタルジックな一節の「甘い」(sweet) という語など、何でもない言葉なのに実に切なく響く。

と、思わずうっとりしていると、あることに気づく。やけに関係詞が多いのだ。出だしの四行にThat/When, those/which, whereと三回も出てくる。残りの部分に目をやると、やはり多い(下線参照)。

In me thou seest the twilight of such day
As after sunset fadeth in the west,
Which by and by black night doth take away,
Death's second self, that seals up all in rest.
In me thou seest the glowing of such fire
That on the ashes of his youth doth lie,
As the deathbed whereon it must expire,

Consumed with that which it was nourished by.
　This thou perceiv'st, which makes thy love more strong,
　To love that well which thou must leave ere long.

あなたは私の中に黄昏を見る
太陽の沈んだ後　西に消えるような
次第に忍び寄る黒い夜に拉し去られる黄昏を
死の今ひとつの姿としての眠りがやってきて　すべてを安らぎのうちに
　　封印する黄昏を
あなたは私の中に火の輝きを見る
若さの燃え尽きた灰に残された火
さながら最期の燃焼のために死の床に横たわるかのよう
かつて養ってくれたものによって使い尽くされていく
　あなたはこうしたものを感ずるにつけ　より愛情を強くし
まもなくあなたが別れねばならぬものをさらに愛するようになるのだ

十四行の作品の中で、実に十一個の関係詞がある。これはどうしたことだろう。七十三番特有の憂愁と関係詞の多さとは何かつながりがあるのだろうか。いったいどういうからくりなのか。これが一つ目の問題提起である。

もうひとつの例はダンの宗教ソネット「死よ　驕るな」('Death, be not proud')である。このソネットは、七十三番とは対照的に実に激しい語り口である。出だしから、死に対し「うぬぼれるな、図に乗るな、お前になんか負けるものか」と言い募る。

Death be not proud, though some have called thee
Mighty and dreadful, for, thou art not so,
For, those, whom thou think'st, thou dost overthrow,
Die not, poor death, nor yet canst thou kill me;

死よ　驕るな　中にはお前を
屈強で恐ろしいものと呼ぶ者もいるが　お前はそんなものではない
お前がうち倒したと思う者も
死ぬことはないのだ　哀れな死よ　お前は私を殺すこともできない

ふつうソネットならターニングポイントのひとつもありひねりが加えられるのだが、このソネットは最後までひたすらエスカレートするばかりで、一本調子なのである。

From rest and sleep, which but thy pictures be,
Much pleasure, then from thee, much more must flow,
And soonest our best men with thee do go,
Rest of their bones, and soul's delivery.
Thou art slave to fate, chance, kings, and desperate men,
And dost with poison, war, and sickness dwell,
And poppy, or charms can make us sleep as well,
And better than thy stroke; why swell'st thou then?
One short sleep past, we wake eternally,
And death shall be no more, Death thou shalt die.

休息も睡眠も　お前のいまひとつの姿
それが大いに心地よいなら　お前からはもっと多くの快楽のあるはず

すぐれた人も喜んでお前につき従う
骨は休息し　魂は解放されるのだ
お前は運命や　偶然や　諸国の王　なりふり構わぬ人間たちに従うほかないのだ
そして毒や戦争　病とともにある
薬草や呪文も我々を眠らせてくれるし
お前の一撃よりも技量は上だ　ならばお前が威張る理由などあるか？
短いひと眠りののち　我々には永遠の目覚めが待っている
その後にはもう死はないのだ　そのとき　死よ　お前は死ぬのだ

どうだ、参ったか、お前は××だ、○○だ、△△だ、だから威張るな！　という。畳みかけて、修辞疑問でとどめを刺す。ぐうの音も言わせない。

もともとエリザベス朝の流行期に書かれたソネットは褒めるためのものだった。君はきれいだ、すばらしい、夏の太陽のようだ、と褒めちぎるだけで終わって良いのがソネットという形式だった。だが、エリザベス女王の時代が終わると、作品中で美辞麗句を述べることがそのまま女王への忠誠に直結するという幸福な状況には終止符が打たれた。ダンのソネットは「褒める」というソネットの制度をひっくり返し、いかに貶すかで勝負している。もちろん、それはいかにもダンらしいレトリックで、「お前なんか、お前なんか」と語り手に叫ばせるだけで、決して反論してこない死の、その恐ろしい無言が最後には引き立てられる、という仕掛けにもなっているのだが、それにしてもこの激しい呪いの語りには、結論が見えているにも関わらず、ついこちらが耳を傾けてしまうような説得の力もある。

よく見てみると、激しく感情にまかせてしゃべっているような語り手が、for とか、then とか、yet といった論理的な連関を明らかにする語を多用していることに気づく。節を導くときにはたいていこうした語を用いて、前後関係をはっきりさせている。九行目から十二行目などでは、特に行頭で、And が頻出してもいる。こんなに感情的なのに、なお、論理的であろうとしているのである。なぜだろう。これが二つ目の問題提起である。

ダンのソネットについてのひとつの答えは、ルイス・マーツの古典的著作『瞑想の詩』（*The Poetry of Meditaion*）を参照することによって得られるだろう。カトリックの一族に生まれたダンは、反宗教改革派の瞑想法に関心を持っていた。イエズス会士であったイグナチウス・ロヨラの説いた瞑想法には、（1）場所の設定、（2）省察、（3）祈念という三つの段階があり、知的な省察を踏み台にした上での、感情を伴った信仰の獲得というプロセスが想定されていた。信仰は盲目的な没入を通してのみ成就されるのではなく、丁寧に知的ステップを踏んで初めて到達されるというのである（マーツ　二五－五六）。そうした瞑想法が如実に作品のつくりに反映されているソネットもダンにはある。このソネットは、必ずしもそこまで瞑想の構造を模倣しているわけではないが、それでも語り手は感情にまかせてばかり語るのではなく、がっちりと論理的な手続きを経ている、だから我々も説得されるのだ、と考えることはできるだろう。だから「休息も睡眠も　お前のいまひとつの姿／それが大いに心地よいなら　お前からはもっと多くの快楽のあるはず」（五-七行目）とか、末尾の「死よ　お前は死ぬのだ」といった論理の遊びが効果を発揮しもする。

しかし、果たしてそれだけだろうか。

今のふたつの作品をよりよく理解するには、あらためてソネットにおける時間の経過という点に注意する必要があると筆者は思う。ここで「ゆっくり」がからんでくる。すでに触れてきたようにソネットで腕の見せ所となるのは、並列や、対照や、転換といった構成の妙を、いかに十四行というコンパクトな形の中に収めるかという、その手際の良さである。こんなに短い形の中で、いかに多くのことを語ってみせるか、やってみせるか。それが冒頭で問題にした、十四行という限られたスペースにいかにたくさんの時間を流れさせるかということと関係してくる。「今を楽しめ」（carpe diem）という言葉をひくまでもなく、時間と生命の問題はルネサンス人にとって最大のオブセッションだった。流れていく時間の冷酷さ、死の恐怖、生きている現在への執着——こうしたものをたっぷりと感ずるのである。だからこそ、あっという間に終わる十四行の中にゆつくり流れるたくさんの時間を封じ込めることができたなら、それは決してあっという間には終わらない生を具現するものとなるのかもしれない、という着想が切実さを持ち得た。[4] シェイクスピアのソネット十八番は、「人が息をつき　その目がものを見る限り／この詩も生き続け　あなたに命を与えるのだ」(So long as men can breathe or eyes can see,/ So long lives this, and this gives life to thee) というキュッとした締めのカプレットで終わるが、ここに表された詩の永遠を誇る語り手の自負は、同時に、ソネットの中に永遠を生け捕りにする、という考えを伴っている。

さて、七十三番の関係詞について、以上のような点を踏まえて考えてみよう。冒頭部分の関係詞は、「係り」と「結び」に分けられるような使われ方をしている ...That time of year thou mayst in me behold/ When yellow leaves, or none, or few, do hang/ Upon those boughs.... つまり、線を引いた That time of year を受けて、次行で When とくるのだが、ここに差し挟まれる約一行分の間合いはこの詩全体のトーンを決めるのにきわめて重要な働きをしている。このソネットでは、こうして一行分くらい間があいてやっと先行詞の内容が明かされるというタイミングが、ごく当たり前だということなのである。待たせる語りが、何ら違和感なく、つまり変にサスペンスなど伴わずに、ごく自然に行われる。ゆっくり行きますよ、待っていてください、とでもいうような語り口なのである。

どうもこのソネットの関係詞は、今にも終わりそうな文を、「さらに」、「まだまだ」とつないでいく持続の役割を担っているらしい。今の箇所の続きでも、いつ終わってもおかしくない文が関係詞によって枝分かれし、延命されている——...Upon those boughs which shake against the cold,/ Bare ruined choirs where late the sweet birds sang. 冒頭の一行分の「待ち」以来、ソネットには「まあ、待ちなさい。せっかちになりなさんな」とでもいう、ゆったりとした言葉との関わり合いが雰囲気として生み出され、そうした気分が終わりそうで終わらない関係詞の連鎖によって補強されている。これがいかにも老いを自覚した語り手らしい枯れた、しかし、やさしい口調を作り出し、残り少ない時間を、焦らずに、大切に、丁寧に生きようとする姿勢ともつながってくる。ひとつひとつの関係詞が来るたびに、「まだまだ」とあらためて足を踏み出すような、踏ん張りの構えが見えるのである。どの文も一点強調型の強引な主述関係（たとえば thou shalt die のような）には収斂せず、いくつもの節に力点を分散させた、脱力感に満ちた連鎖となる。

それだけに五行目から八行目にかけての文で、「死」（Death）という言葉が唐突に出てくるときには、どきっとさせられる——In me thou seest the twilight of such day/ As after sunset fadeth in the west,/ Which by and by black night doth take away,/ Death's second self, that seals up all in rest.「死の今ひとつの姿としての眠り」という訳で示したように、Death's second self とは sleep のことなのだが、我々はすっかりこのソネットの、by and by 的なゆるやかでやさしい時間の流れに馴染んでしまったものだから、「死」という語には肝を冷やす。この一節は音的にも、意味内容の上でも鋭く短いから、時間を裁断する出来事となるのである。この恐ろしい瞬間は、続くthat seals up all in restという節によってふたたびゆったりした時間の流れの中にほどけていくのだが、行頭にくるDeathの不吉な響きは消し去ることができず、穏やかでゆったりした語りの行く末にある暗いものを暗示し続けることになる。

七十三番のテーマは老いである。関係詞の多用は一方でその「老い」を枯れた語り手の身振りとして表現するのに役立つと同時に、少しでも多くの時間を生きたい、まだまだ終わりたくない、もっとたくさん生きたい、というゆっくり流れる時への願いをも叶えることになる。むろん究極的には関係詞は、主文との関係や順番を、文構造のヒエラルキーに忠実に従う形で守るのでもあり、そういう意味では、時間の連鎖の果てにある死に敗北する運命にある、それが七十三番の憂愁の根本にある、とも言えるのだが。

ダンのソネットでも時の経過は重要である。先に見たように、そこにはFor, then, yet, andといった論理性を示す接続の言葉が頻出するが、とくにthenやyetなどは「それならば」、「しかし」などのつなぎを表すだけでなく、「そして」、「まだ」といった時間の流れを暗示する言葉でもある。たとえば語り手が「〜なら、お前からはもっと多くの快楽のあるはず」(then from thee much more must flow)というとき、thenは「ならば」を意味すると同時に、From rest and sleepからfrom theeへと視点を移す語りの、「そして」的な時間経過そのものを演出してもいる。ダンの論理への執着は、単に知の優位を表示するだけでなく、論理的であることの時間性をも表現しているのである。だからこそ、そうした時間の中でしか演じられえない語り手の激しい感情性を、我々はうっかり読んでしまう。

論理もまた、時間から自由であることはできない。「死よ、お前なんか××だ。なぜなら……」と言っているそばから、冷酷に時間は流れ過ぎ去っていく。論理は、それが時間の中で実践されなければならない以上、非情な時間の流れの果てにある死に打ち勝つことはできないのである。then, then とステップを踏み、and, and, and と連鎖していく中で語り手は、多大な時間の経過を生き、そうすることで生を浪費し、死に向かって歩みを進めている。「短いひと眠りののち我々には永遠の目覚めが待っている／その後にはもう死はないのだ　そのとき　死よ　お前は死ぬのだ」（One short sleep past, we wake eternally,/ And death shall be no more, Death thou shalt die.）という最後の一節は、生と死の力関係をレトリックの力で転覆するが、どきっとさせるのは、「短いひと眠りののち」の「早さ」でもある。〈死＝短い眠り〉という隠喩が、時間と死から自由に抽象的な論理ゲームをゆっくりたっぷり生きたはずの語り手に、思いがけず刹那性の威力を思い知らせるのである。

どちらのソネットにもたくさんの時間が流れている。一方は、よりたくさんの時間を生きようとする語り手の願いを叶えるかのように、ゆったりとした時間。もう一方は、死神の足音を響かせるかのような、足早で、残酷な、大量の時間。こうして「早さ」と「ゆっくり」の相克をうまく利用することで、ソネットはその小さな容器の中に、たくさんの、そしてさまざまな時間を蓄えることができる。短く刹那的だからこそ、ゆっくりたっぷり流れる、永遠に終わらないかのような甘い持続への期待をソネットは宿すのである。その夢想をかなえるのか、あるいは逆に寸断された、冷たい時間へと転倒させるのか。短さと小ささが「売り」のソネットにおいて、永遠への夢をどう終わらせるかがこうして芸の勘所となっていく。ソネットの「富」はこうして築かれるのである。

おわりに　スローモーションの思想

ヨガの「ゆっくり」はなぜ?

筆者が「ゆっくり」という概念に関心を持ったきっかけのひとつは、スポーツジムのヨガであった。ここ何年かずっとヨガは、ジムのプログラムの中でもとりわけ人気が高い。ほぼ毎日のようにどこかの時間にレッスンが組まれ、スタジオに入りきれないほどの受講者が集まるクラスもある。テレビではポーズが紹介され、書店にもDVDつきの解説書が並んでいる。ヴァリエーションもさまざまで、マレーシアなどで行われるという、動物のように声を出しながらやるものから、蒸し風呂状態で汗を流すホットヨガ、パワーヨガなど、ダイエット用の訓練や筋トレに近いものまである。

一般にヨガの効用として掲げられるのは、身体の歪みを直す、とか、自分を見つめ直す、集中力を高める、生気を増す、といったもので、微妙に精神的な要素の混じっているのが特徴である。

実際に通っている人は、「便秘が治らなくて痔になってしまった」とか「花粉症がひどい」とか「最近太り気味だ」といった悩みを解消するのを目的とする場合が多いようだが、どことなく宗教臭を感じて敬遠する人がいるのはこういった「高邁な」理念のためだろう。とりわけヨガの精神主義的な面を示すのは、呼吸への意識である。

スポーツジムなどで行われる初心者向けのクラスでも、はじめからしつこく指導されるのは、呼吸をとめないこと、吸う／吐くという呼吸のリズムにあわせて身体の動きを行うこと、そしてゆっくり呼吸すること、などである。クラスは呼吸を意識することにはじまり、いろいろな動きを経て、最後はまた呼吸の意識に戻る。呼吸を意識的に行うことでホルモンの分泌が変わったり、血行がよくなったりと生理的な効果があるらしいのだが、そうとわかっていても呼吸のことを言われると、何となくふつうのスポーツとは違う世界に足を踏み込んだ気になる。とくに「ゆっくり呼吸せよ」と言われると、独特な気分になる。どうもこの「ゆっくり」はくさい、あやしい、何かありそうだ、と筆者は思ったわけである。

呼吸とはふだん意識的には行わないものである。それを意識的に行うのは、そもそも「意識」の目指す方向を変えるためだ。我々が通常、対象に向けている意識の「目」をいったん停止し、自分自身の方向に向きを変える。これはいわゆる内省とは違う。内省は自分自身をまるで外にある対象のように意識するものだから、結局ふつうの意識と同じなのである。そうではなくて、外に向かって意識すること自体をやめる、心の持っている矢印を封印する、ということなのである。それを助けるために、ヨガの講師は「額の奥に白い光が灯っているのを想像してください」とか「自分自身の呼吸を感じてください」などといかにもいかがわしい指示をして、受講者の心をいじる。

意識というのは、そもそも意志とセットになっているので、なかなか両者を切り離すことはしにくい。「意識しまい」と意志の力で念じても、それが意志として行われる段階ですでに意識はスイッチオンしている。だから、あえて意識を起動させ、そのかわり「一点を見つめる」とか、「肩の力を抜く」といったレトリカルな操作で、意識の動きを混濁させる。これはヨガでなくても行われていることだろう。ある種の意識設定をすると、意識は自分で自分をスイッチオフすることができるのだ。自律神経訓練法で「手足が重く感じる」とか、「お腹が暖かくなる」といった意識設定を行い、ふつうの意識では操作ができない神経に刺激を与えたりするが、これも同じことだろう。

ヨガの目指すところは生の充溢感のようなものである。こうした心理が昂進すると全能感に近い感覚が得られ、自分が大地や宇宙と一体化したような気分になる。第三章でも触れたように、フロイトの精神分析でも全能感は幼児期の体験として想定されているが、大人がそれを自らの意志で実現するときには芸術的な創造と結びつくともされる。こうした心境は「オセアニックなもの」(the oceanic)とも呼ばれ、まるで海と一体化したかのように、広大な無限感と何かに包み込まれるような没入感とが感得される(ニュートン 八四など)。この段階に達した芸術家は思うがままに自己が表現できる恍惚状態に至るのだが、それが自分がより大きなものへと吸収され、もはや自分の意志を働かさなくても良いような「浮遊感」――つまり抵抗のなさ――と結びついているところは大事だろう。意志によって意識を捨て、自分が自分でないものになることでこそ、より大きな力が発揮され、意志が実現されるのである。

「本当の自分を見つけねば」といった標語は、テレビドラマなどでもしばしば決めぜりふとして使われるので、いささか手垢のついた言葉と感じられてしまうが、自分自身のアイデンティティを確認し、自分が誰であるかについて安心感とともに実感したいという希望が、近代人にとってオブセッションとなってきたことも疑いない。アイデンティティをキーワードにすると、どんな文学作品でもある程度のコメントはできるくらいこれは遍在的なテーマである。ヨガの目指すところの充溢感も、それが自分への「回帰」という名の元に行われる以上、一種のアイデンティティ探しに他ならないのだろう。実際、明らかにヨガの充溢感と共通点があると思われる芸術家のオセアニックな体験は、個人の力の最大化としてとらえられている。つまり自己を越えた大きなものと合一化するという感覚が、アイデンティティ探しの目的地にもなりうるのだが、その一方で、その出発点には自己の放棄があるということになる。

この「自己放棄」についてもう少し具体的に考えてみよう。先述したようにヨガの教本は書店にあふれている。DVDつきだからポーズを真似するのも簡単だ。そもそもヨガのポーズはそれほど複雑ではなく、また一日にできる時間も限られているだろうから、たとえば「便通がよくなるポーズ」とか「鼻通りがよくなるポーズ」といったように目的に応じて覚えればすむはずである。しかし、そのわりに毎週たいして違わない内容のクラスに多くの受講生が集まるのは、どうやらヨガは人に言われてやる方がうまくいくからだと考えられる。いや、ポーズよりも何よりも、もっとも単純な「ゆっくり呼吸をする」という作業にしてからが、自分で「ゆっくり呼吸しよう」と思ってやるよりも、「ゆっくり呼吸してください」と誰かに言われてやる方がやりやすいのである。

自分を見つめ、自分が自分であることの充実感を得るための作業に、誰か他人のかけ声が必要になるというのは考えてみると不思議なことではないだろうか。人の言うなりになる気分、何かに服従して自己の意志を捨てる気分が、例の没入感へと至るための第一歩としてはきわめて有効なのらしい。騙されたと思って、と言うが、まさにあれである。人は騙されるのがそれほど好きなのか。

幸福の装置

そういうわけで、ヨガの「ゆっくり」に注目してみると、「人に言われた方がうまくいく」という問題が大きく浮かび上がってくる。第五章でも述べたように「ゆっくり」は「早く」とは違い、意志で行うことができる行為だ。また、肺は人間が意志の力で動かすことのできる唯一の臓器でもある。ということは、「ゆっくり呼吸する」という行為は一方でたいへん意志的なものだと言ってよい。思うがままにできる、それが「ゆっくり呼吸する」ということなのである。しかしその一方、「ゆっくり」は他人の声によってこそ導かれる。人がいったん自己を喪失する、その出発点に「ゆっくり」という他者からの命令があるのだ。

「スロー」という言葉をタイトルに入れた書物が最近いよいよ目につくようになってきたが、興味深いのはそうした書物が命令型で書かれているということである。「競争から協技へ」をモットーとしてかかげる酒井青樹・峰岸純子『スロースポーツに夢中!』でも、明らかに「スロースポーツ」を勧めるという態度がある。ただ、同時に目につくのはそこにある控えめさやさしさでもある。命令とはいっても、「せよ」の命令ではなく、どちらかいうと「しましょう」の命令なのである。スポーツに本来の「道楽」の要素を取り戻そうという著者たちは、さらに「これはあなたにとっていいことですよ」というメッセージをこめようとする。

道楽は自分をわきまえ、どの程度の人間かを知り、とりあえず、自分の好みのままから始まります。背伸びすることもなく、ストイックな訓練など求めず、他人にあれこれ云うほど押しつけがましくもなく。誤解をおそれずドライにいえば、自分が楽しいかどうかが基準です。（五）

スローであることは、究極的にはあなたの幸福のためになるのだ、というスタンスだから、当然ながら、書き手は無理強いはしない。

同じような「やさしさ」は、たとえば筑紫哲也の『スローライフ』にもある。筑紫は「ファスト」に対し「スロー」を教条的にとなえるつもりはないのだと強調する。そのあたりの事情について、9・11にからめながら筑紫は次のような言い方をする。

もし「ファスト」を呪い、これを拒否する手段として「スロー」を持ち出して、対抗原理とするだけだったら、これももうひとつの一元論的世界を築くだけに終わる。
イスラムとキリスト教の原理主義がともに自分たちに「無限の正義」があると信じ込むように、「ファスト」と「スロー」との間に同じような関係を持ち込んだら、同じように抜きさしならぬ対決が起きるだけだ。（三七）

それではどうするか。筑紫の結論は「緩急自在」である。「スロー」という概念を持ちだしてきたのは、「常識とされていることをもう一度考え直してみる、固定観念をゆさぶってみる」ことに目的があった(三九)。「スロー」を通して、あらためて「ファスト」との間の両義性を確認したいだけだというのである。

「ゆっくり」にいろいろな意味でネガティヴな要素があることは本書でも繰り返し触れてきた。そうした「スロー」の否定性を介して、価値観の多様化をはかりたいという筑紫の議論はたしかにわかりやすい。だがそうは言っても、「ゆっくり」がこうして「誰かに命ぜられて行われやすい」という問題は残る。いや、それどころか、「ゆっくり」が「やさしさ」や「曖昧さ」などと結びつきやすいこと、だから、そういう意味ではたいへん心地よい命令として心の操作に関わるのではないか、とも考えられてくる。その核心に潜んでいるのは、「何だかんだ言っても、すべてはあなたの幸福のためなのだ」というメッセージに他ならない。

こう考えてくると「ゆっくり」の言説が蔓延する背景には、「自己の幸福を他者に言われるがままに追い求める」という姿勢が見え隠れするようにも思えてくる。あるいはこれは近代人のあり方を象徴する態度なのか。かつてルネ・ジラールはフロイトのモデルを借りて欲望の三角形を示して見せた。非常に単純化して言うと、個人の欲望というものは競争者によって契機を与えられるという点で、つねに「他者の欲望」だという考え方である。ジラールのモデルはフロイト的な対決と競争の原理に基づいていたが、「ゆっくり」に発する欲望はそうしたマッチョで攻撃的なものとは少し違うようだ。相手をやりこめ、乗り越え、服従させるような欲望ではなく、相手を受け入れ、一体化することで達成される欲望。「ゆっくり」に伴っているのはそういう態度なのである。

高い塔から風景を見渡したり、博物館に占領地からの戦利品を陳列したりするのは帝国主義的な視線だとされてきた。スコットランドの画家バーカーによって〈パノラマ〉という装置が発明され、観客を取り巻く三六〇度の光景が実現したのは一七八九年のことだが（港 一九）、このパノラマがいみじくも示唆するように、見渡し、睥睨し、支配する視線と、自らの前にある光景に圧倒され、眩暈を起こし、場合によってはそれに呑みこまれるという体験とは紙一重だ。三六〇度を風景に囲まれてしまったなら、もはやそれを一望の下にすることはできない。そこに生まれるのは、むしろ支配する視線とは逆の没入する視線である。〈スペクタクル〉という言い方に含意されるのも、見渡し把握する視線を圧倒し呑みこむような、「過剰な風景」に他ならない。

「ゆっくり」は、時間の微分化という意味では一種のクローズアップであると第二章で述べた。対象を一望の下にするよりも、対象をあふれさせ、その部分しか見ないことで、巨大さを思い知る、そういう視線が「ゆっくり」からは生まれる。かつて海外で日本映画といえば小津安二郎による一連の作品がその代名詞となった時代があった。アクションもなく、プロットも単純だけれど、独特の長い間合いとともに何もしない人々をゆっくりとカメラがとらえる。いわゆるスローモーションとは違う意味での「ゆっくり」が画面を支配する世界。それはいかにも「芸術的」な禁欲性を表すと同時に、論理や因果関係や歴史よりも、現在形の情緒ばかりの横溢する世界であった。

今では日本映画における「ゆっくり」はよりレトリカルに使われるようになった。たとえば『メゾン・ド・ヒミコ』なども、ストーリーの芯に死にゆくヒミコのほとんど動かない身体や、ほとんど変わらない表情、ほとんど抑揚のない語り口などを置くことで、コミカルで、抒情的で、なおメッセージ性をも担うような作品に仕上がっている。がそうは言っても、そこには小津の作品にもあったような、対象に呑みこまれることでこそ何かを実現する、という文法は読めるように思う。そうした没入の思想には、「幸福」というキーワードがあてはまりやすいのではないだろうか。

スローモーションとの付き合い方

「ゆっくり」的な思考のパタンが広まることが、政治的・社会的にどういう意味を持つかは本書の範囲を超える大きな問題だろうが、少なくとも「ゆっくり」と幸福感との持つそうした密接なつながりに自覚的になっておくことは無駄ではないだろう。このことが本書で中心的にとりあげてきた事例群とどう関係するのかを最後にまとめておこう。

本書では「ゆっくり」の表象としての側面に注意を向け、マンガや絵画の分析から出発して小説や詩など文学作品に至るまで、メディアの中でスローモーションがどのような役割を果たすかを考えてきた。そこで焦点をあてた重要なポイントのひとつは、スローモーションに強力な残像化の作用があるということであった。すでに何度も触れたように、映像のスローモーションは通常の映写速度を相対化することで、我々が「動き」と見なしているものが残像の集積からなることをあらためて思い出させてくれる。もともとマレーの発明したスローモーションは動きをより詳しく見るための「凝視」と「精査」の装置であったが、こうした残像化とのからみでその後は語りのレトリックとしても多用されるようになり、独特のノスタルジアやこだわり、トラウマ的な「痛み」、モニュメンタルな記念すべき瞬間などをも表すようになった。

残像化の機能は、人間の心の働きにおいて核になるものである。よく言われることだが、人間の身体を構成する細胞は常に分裂を繰り返し絶えざる更新を続けている。身体的には我々の自己同一性というのはたいへん不確かなものなのである。にも拘わらず我々が、自分が一瞬前、一時間前、一週間前の自分と同じであるという意識を持つのは、自分自身や周りの世界の残像を生きているからである。我々が知人を知人と見なすのは、いちいち相手の同一性を確認、承認しているからでなく、相手との接触を通じてその残像を甦らせるからなのだ。同一性をめぐる手続きはあやふやで、だからこそ我々は人違いをしたり、あるいは知っている人なのに、名前が思い出せなかったりもする。

従ってこうした残像の連鎖に亀裂が生じ、少し前のことが思い出せなかったり、同じものを見てもあまりに異なった印象を受けたりすると、ちょうど自然を見ても感動できなくなったワーズワスがそうであったように、世界と自分自身に対して違和感を持ち、場合によっては自分が壊れていく、という感覚さえ持つようになる。こうした崩壊感覚が分裂と疎外を特徴とし、そういう意味では没入的な「ゆっくり」の幸福感と対極にあるということには注意しておく必要があるだろう。

残像は記憶でさえない。記憶とはある程度自分でコントロールし、頭の整理棚の中にしまっておけるものである。残像とはもっと受動的なものだ。野球のバッターは内角の球を一球見せられると、いくら頭では次は外角が来るとわかっていても、目に焼きついた内角球の残像のために適切な反応ができなかったりする。残像とは身体的生理的なものであり、別の言い方をすると、外側から言葉や理性を助けたり、脅かしたりする、つまり人間の心にとっては一種の外部もしくは他者と呼んでも差し支えないようなものなのである。

たとえば選挙の宣伝カーで連呼された名前をつい投票用紙に書いてしまうとか、テレビのコマーシャルで歌われた商品にいつの間にか親しみを感じて――たとえ聞いたことがあるというだけの理由であったとしても――つい買ってしまうといった行動には明らかに残像の支配力が感じられる。現代という時代に特徴的なのは、我々がこうした残像の威力に大いに敏感になり、それを一方で警戒することを覚えながらも、その一方で積極的に利用するようにもなったということだろう。何より、残像と同化し世界の残像性の中に落ち着くのはたいへん心地良いことなのだ。雑誌に何を書いたかよりも、その目次に名前が載ることで既知性が増すことが重視され、論文への引用件数が競争のための指標となったり、顔の好感度が、誰もが知っている有名人《セレブ》に似ているかどうかに影響されたり、といったことが起きるのもこうした潮流から自然に生まれたことだろう。

本書の「はじめに」では二十世紀が速度の時代だった、ということを述べたが、二十世紀から二十一世紀にかけてキーワードとなったIT革命の目玉は、情報の「伝達」の高速化だけではなく、何よりその「記録力」の飛躍的な進化であった。かつて詩が文学のもっとも強力なジャンルとして君臨していたのは、繰り返しやリズムなどの形式のおかげで頭に音の残像が残りやすく、そのおかげで文字無しで内容を伝えていくことができたからである。活版印刷の発明の結果、そうした詩の機能はそれほど重要でなくなり、人間が文章を暗唱するかわりに、紙面がそれを記録するようになった。そうしたシステムをさらに乗り越えたのが磁気による記録だったというわけである。文学に対して我々がほとんど無根拠に何となく抱いてきた信頼は、おそらく文学がはじめは音の残像として、そして次に活字という残像として醸し出してきた連続性の安心感に根ざしていると言える。活字の退潮をもって文学の終焉を予告する論調が現れるのも無理はない。

しかし逆に言うと、IT革命がどこまで進もうと、人間が格闘する相手が残像であることには変わりない。我々が外の世界とどうつき合うかをひとまとめに政治性と呼ぶとすると、そこでは外部から押し寄せ心に影響を与えるような残像をどう処理するかが重要になるだろう。選挙の宣伝カーに耳をふさぐだけではなかなか問題は解決しない。本当に意味のある決断、などということを言うが、そもそも意味とは残像的に認知されるものなのだ。残像は一瞬前、少し前、かなり前のこと。しかし、それがしつこくこびりつく。そしてこびりつくことでこそ、論理へと昇華されたり、情を生み出したりする。「意味」とはそうやって生ずるものなのだ。

我々が自分自身とどう付き合うかに際しても事情は同じである。我々は知らず知らずのうちに、ノスタルジア、トラウマ、こだわり、怨念、愛着といった制御の難しい心の動きに翻弄されている。それがまさに文学をはじめさまざまな芸術作品の主テーマともなってきたわけだが、ここでも記憶というよりはもっとしぶとくて、また、まるで現在そのものであるかのように振る舞う残像という存在が大きな威力を発揮している。おそらく問題は、残像が過去のものなのに現在であるかのように居残り、連鎖し、動きを表すということ、そしてそれが絶えず我々の「錯覚」を引き起こしているということなのである。印象、イメージ、象徴、アレゴリー、差延など、二十世紀文芸批評の鍵となってきた概念はいずれも残像をめぐるトリッキーな心の動きに何らかの形で焦点をあてるものだった。

なぜ、詩はゆっくり終わるのか？ 第四章でとりあげた、本書のメインテーマともいえるこの問題がたいへん長い射程を持つのもこのためである。ゆっくり終わることで詩は残像となろうとする。終わりの部分をスローモーションとすることで、詩人は作品の全体を残像としてこびりつかせ、生き残らせ、ひいては自分自身が生き残ったかのように錯覚させる。文学作品、いやそもそも表象というものが人間の心にどう食い込むのか。その仕組みが詩の終わりには隠されているのである。幸福かどうかなどまったく問題にせず（だからこそ幸福に）生きていくこともちろん可能なのだが、ときにそれが問題になってしまうとするなら、その仕組みについて考えたくなるのは不自然なことではないだろうし、ましてや詩がそれを解決してくれるなら、これ以上の幸福はない。

註と参考文献

はじめに

註

1　「おわりに」でも触れるが、一九八〇年代以降一世を風靡したジャック・デリダの「差延」をはじめとして、「イメージ」、「アレゴリー」、「シンボル」など、文学作品の肝となる部分を指し示そうとする言葉の多くは、「残像」という概念と類縁性を持つ。このあたりについて、最近では春日直樹が「遅れ」という視点から改めて考察を行っている。

文献

春日直樹『〈遅れ〉の思考――ポスト近代を生きる』（東京大学出版会　二〇〇七）

1

註

1　年号について、本文では西暦が使われているが、タイトルでは昭和五四年という数字が使われている。

文献

マレー、エティエンヌ=ジュール『運動』監修横山正（リブロポート　一九八二）
港千尋『映像論』（日本放送協会出版　一九九八）
松浦寿輝『表象と倒錯――エティエンヌ=ジュール・マレー』（筑摩書房　二〇〇一）
重松清『スポーツを「読む」――記憶に残るノンフィクション文章読本』（集英社　二〇〇四）
山際淳司「江夏の21球　昭和54年日本シリーズ　近鉄対広島第7戦」（『Sports Graphic. Number 1 ベスト・セレクション I』［文藝春秋一九九八］、二五～四五）
絲山秋子『イッツ・オンリー・トーク』（文藝春秋　二〇〇四）
――『袋小路の男』（講談社　二〇〇四）

2

註

1 たとえば Giannetti（一三三）参照。
2 Giannetti（一〇四）
3 竹内オサムは、戦前の作品が「一コマ内で完結しようとする絵画的意識」を持っていたのに対し、戦後の手塚の新しさは、「数コマの連続した展開のうちに新しい意味作用を期待し、それを実践した」ことにあったとしている。そこに竹内オサムは「絵画の一点静止的性格からの脱却」を見る。詳しくは竹内（六七）参照。近代マンガが手塚治虫に起源を持つという説には、たとえば伊藤剛が詳細な反論を試み、映画的手法がそれ以前から存在することを実証しようとしている。マンガと映画的手法の類縁についてはアニメの手法を含めて秋田孝弘にも詳しい。
4 たとえば見開き頁上で、右頁の上から下へと降りていくにつれて圧縮間が強まり、それが左上に向かっていくと開放感に結びつくという例を夏目はあげている

文献

Giannetti, Louis. *Understanding Movies*, 10th ed.,（Upper Saddle River, NJ: Pearson-Prentice Hall, 2005).
Gooding, Mel. *Patrick Heron*（London: Phaidon, 1994).
秋田孝弘『「コマ」から「フィルム」へ――マンガとマンガ映画』（NTT出版　二〇〇五）
アルンハイム、ルドルフ『美術と視覚――美と創造の心理学　上』波多野完治・関計夫訳（美術出版社　一九六三）
石上三登志『定本手塚治虫の世界』（東京創元社　二〇〇三）
池田光男『眼はなにを見ているか――視覚系の情報処理』（平凡社　一九八八）
伊藤剛『テヅカ・イズ・デッド――ひらかれたマンガ表現論へ』（NTT出版　二〇〇五）
竹内一郎『手塚治虫＝ストーリーマンガの起源』（講談社　二〇〇六）
竹内オサム『マンガ表現学入門』（筑摩書房　二〇〇五）
夏目房之介『マンガはなぜ面白いのか――その表現と文法』（日本放送協会出版　一九九七）
布施英利『マンガを解剖する』（筑摩書房　二〇〇四）
松田行正『眼の冒険――デザインの道具箱』（紀伊国屋書店　二〇〇五）
四方田犬彦『マンガ原論』（筑摩書房　一九九九）

註 3

1　羊屋白玉については内藤麻緒参照。

文献

石井達郎　ザ・フォーサイス・カンパニー 'Clouds after Cranach' (Part I), '7 to 10 Passages', 'One Flat Thing' reproduced, についての劇評　(「朝日新聞」二〇〇六年三月一八日)
内藤麻緒「危うい身体を生きる少女たち――『指輪ホテル』の場合」(日比野啓・村山敏勝・三浦玲一・吉原ゆかり編『からだはどこにある？　ポップカルチャーにおける身体表象』[彩流社　二〇〇四]、一四五-六三)
國吉和子『夢の衣裳・記憶の壺――舞踏とモダニズム』(新書館　二〇〇二)
「雑誌『談』編集長によるBlog」http://dan21.livedoor.biz/archives/22677579.html
種村季弘『土方巽の方へ――肉体の六〇年代』(河出書房新社　二〇〇一)
三浦雅士『バレエ入門』(新書館　二〇〇〇)
山田せつ子『速度ノ花――ダンスエッセイ集』(五柳書院　二〇〇五)

註 4

1　パウンド自身、この作品を「発句めいたもの」'a hokku-like sentence' と呼び、それがふたつの想念の連結により生まれたものであると述懐している (it is one idea set on top of another) (八九)。
2　「詩歌」(大正四年六月号) での初出時には、「かわゆらしい」ではなく、「可愛らしい」だった。
3　北川透は朔太郎における「手」へのこだわりに注目し、いくつかの作品を例にあげながら、朔太郎の「手」は最終的には「エロス的交わりの不可能性」(一四七) を象徴するものだという議論を展開している。北川 (五五-一五三) 参照。
4　たとえばジェファーズ (二四二) 参照。

文献

各詩人のテクストは以下の版を採用した。

萩原朔太郎『萩原朔太郎全集』第一巻 (筑摩書房　一九七五)

Pound, Ezra. *Collected Shorter Poems* (London: Faber, 1968).
Yeats, W. B. *The Poems*, ed. by Richard J. Finneran (London: Macmillan, 1983).
粟津則雄『萩原朔太郎論』(思潮社　一九八〇)
大岡信『萩原朔太郎』(筑摩書房　一九八一)
北川透『萩原朔太郎〈言語革命〉論』(筑摩書房　一九九五)
武藤脩二『印象と効果──アメリカ文学の水脈』(南雲堂　一九九九)
Deane, Seamus. ' "The Second Coming": Coming Second; Coming in a Second', *Irish University Review*, 22:1 (1992 Spring), 92–100.
Dickens, Charles. *Bleak House*, ed. by Nicola Bradbury (London: Penguin, 1996).
Jeffares, A. Norman. *A Commentary on the Collected Poems of W. B. Yeats* (Stanford, CA: Stanford UP, 1968).
Pound, Ezra. *Gaudier-Brzeska, A Memoir* (New York: New Directions, 1961, 1970).

5

註

1　'〔...〕 for passion runs not after remote allusions and obscure opinions. Passion plucks no berries from the myrtle and ivy, nor calls upon Arethuse and Mincius, nor tells of rough satyrs and fauns with cloven heel. Where there is leisure for fiction, there is little grief' (60)

2　たとえばステラ・P・リヴァードはその出だしが古典的な牧歌とはやや異なっているとしている。'Lycidas' begins without the usual pastoral frame that introduces poem, speaker, and occasion. (二四七)

3　この点についてもフィッシュの次のような指摘は示唆的である。月桂樹もギンバイカも蔦も成熟して実をつけるということはないのだから、悲しみのあまり語り手がそれらを熟する前に蹂躙するというのはおかしい。実際に成熟期を迎えるまえに蹂躙されたのはリシダスの人生であり、また語り手自身のそれなのである。だから植物の蹂躙について語るこれらの詩行では、蹂躙されたリシダスや語り手の若さこそが想起されるべきなのである (三二三)。

4　『リシダス』の構成をめぐる諸見解についてはマーク・ウォマックに便利な概観がある。アーサー・バーカーは全体を大きく三部構成ととらえ (それぞれ一五、八五、一三二行目での呼びかけからはじまる)、それを「序」と「結び」がはさみこんでいる、とした。バーカーの見方をとると、以下で話題にするように唐突とされることの多いポイボスの語りに、構成上の必然性が読み込める（ウォマック　一二一）。

5　たとえばフィッシュはここでのポイボスの闖入のために語り手の地位が揺らぎ、「この詩はいったい誰が語っているのか？」という問題が生ずると指摘している（三二九）。

6　ただしフリードマンは、このような語り時間の錯綜に肯定的な意味を見いだしている。

7　ウォマックは『リシダス』批評上の最大の謎とされる 'two-handed engine' の問題をとりあげ、考え始めると何のことを言っているのかわからなくなるが、'that two-handed engine' と言われると不思議と納得してしまう、つまり、この 'that' に代表されるような、強力にコンテクストを形成して読者にうなずかせてしまう 'an illogically powerful sense of rightness' の存在を指摘している（一三〇）。ポイボスのセリフの力も、そうしたものに近いと言えるだろう。

文献

＊「リシダス」のテクストは John Milton, *Complete Shorter Poems*, ed. by John Carey (London and New York: Longman, 1968)による。古典的な「リシダス」論の多くは C. A. Patrides (ed.), *Milton's Lycidas: The Tradition and the Poem*, New and Revised Edition (Columbia: U of Missouri P, 1983)に収録されているので、本書ではこの版を引用元として使用した。

Coleridge, S.T. *Poetical Works*, ed. by J. C. C. May (Princeton, NJ: Princeton UP, 2001).

Johnson, Samuel. 'The Life of Milton', in Patrides, 60-61.

Fish, Stanley E. 'Lycidas: A Poem Finally Anonymous', in Patrides, 319-40.

Friedman, Donald M. 'Lycidas: The Swain's Paideia', in Patrides, 281-302.

Pound, Ezra. *Gaudier-Brzeska, A Memoir* (New York: New Directions, 1961, 1970).

Ransom, John Crowe. 'A Poem Nearly Anonymous', in Patrides, 68-85.

Revard, Stella P. 'Lycidas', in *A Companion to Milton*, ed. by Thomas N. Corns (Oxford: Blackwell, 2001).

Womack, Mark. 'On the Value of "Lycidas"', *Studies in English Literature, 1500-1900*, 37-1 (Winter 1997), 119-137.

6

註

1　「ルーシー詩篇」というくくり方はワーズワス自身によるものではなく、ヴィクトリア朝になって定着した見方だとされる。はじめて一連の作品をひとつのグループとみなしたのはトマス・パウエルの 'Pierce Pungent'（一八三一）で、今日のようなまとめ方がはじめてなされたのは一八七九年のマシュー・アーノルドによるワーズワス選詩集がはじめてである。詳しくはジョーンズ（第二章）参照。

2　What if the vital force which I sent from my arm into the stone, as I flung it in the air & skimm'd it upon the water — what if even that did not perish! — It was *Life* — it was a particle of *Being* — ! it was *Power!* — *& how could* it perish— ?（四七九）

3　例外として、たとえばキャラハーは冒頭のシンタクスを 'my spirit did seal a slumber' ととり、語り手がルーシーを殺害したという読みを行っている（四四-四六）。

4　Seal という語のさまざまな含意についてはジョーンズ（二九-三〇）参照。

7

註

1　'she is touched by and held by earthly time in its most powerful and horrible image'（ブルックス　七三六）。ベイトソン（三三、八〇-八一）も参照。

2　ミラーは 'a constant slipping of entities across borders into their opposites' という言い方をしている（一〇六）。

3　この点について筆者に気づかせてくれたのは、二〇〇七年度に慶応義塾大学で行った演習の参加者たちである。感謝したい。

4　オジマンディアス=ラムセス二世と、当時の英国君主ジョージ三世との間にはいくつかの類似点があった。ラムセス二世が六七年に渡り王として君臨したのに対し、ジョージ三世も六〇年の長きに渡って王権についていたし、植民地への強い執着や過酷な奴隷制の堅持も両者の政策に共通した特徴であった。ピーターフロインド（五二-三）参照。

文献

ワーズワスのテクストは *William Wordsworth*, ed. by Stephen Gill (Oxford: Oxford UP, 1984) による。その他の引用は以下の通り。

Bateson, F.W. *English Poetry: A Critical Introduction* (London: Longman, 1950).

Brooks, Cleanth. 'Irony as a Principle of Structure', in *Literary Opinion in America*, 2nd ed., ed. by M. D. Zabel (New York:

Harper, 1951).
Coleridge, S.T. *Collected Letters of Samuel Taylor Coleridge*, ed. by Earl Leslie Griggs, 6 vols. (Oxford: Clarendon, 1956–71).
Caraher, Brian. *Wordsworth's 'Slumber' and the Problematics of Reading* (University Park, PA: Pennsylvania State UP, 1991).
Davies, Hugh Sykes. 'Another New Poem by Wordsworth', in *Essays in Criticism*, 15(1965), 135–61.
Everest, Kelvin. 'Ozymandias: The Text in Time', in *Essays and Studies: Percy Bysshe Shelley*, ed. by Kelvin Everest (Cambridge: Brewer, 1992), 24–42.
Fish, Stanley. 'Literature in the Reader: Affective Stylistics', in *Is There a Text in This Class?: The Authority of Interpretive Communities* (Cambridge, MA: Harvard UP, 1980), 21–67.
Jones, Mark. *The Lucy Poems: A Case Study in Literary Knowledge* (Toronto: U of Toronto P, 1995).
Juhl, P.D. 'The Appeal to the Text: What Are We Appealing To?', in *Twentieth-Century Literary Theory: A Reader*, 2nd ed., ed. by K.M. Newton (New York: St Martin's P, 1997), 57–60.
Mason, Michael (ed.). *Lyrical Ballads* (London: Longman, 1992).
Miller, J. Hillis. 'On Edge: The Crossways of Contemporary Criticism', in *Romanticism and Contemporary Criticism*, ed. by Morris Eaves and Michael Fischer (Ithaca: Cornell UP, 1986), 96–111.
Peterfreund, Stuart. *Shelley among Others: The Play of the Intertext and the Idea of Language* (Baltimore: Johns Hopkins UP, 2002).
Trevor, Douglas. *The Poetics of Melancholy in Early Modern England* (Cambridge: Cambridge UP, 2004).
Wordsworth, William. 'Essay upon Epitaphs, I', in *The Prose Works of William Wordsworth*, ed. W. J. B. Owen and J.W. Smyser, 3 vols. (Oxford: Oxford UP, 1974).

8

註

1　このあたりの事情についてはハーツェル（一一一‐一二五）に詳しい。

2 テニスンにおける狂気の問題についてはコリー参照。

文献

各詩人のテクストは以下の版からとった。

Stevens, Wallace. *Collected Poems* (New York: Knopf, 1954).

Whitman, Walt. *Leaves of Grass*, ed. by Sculley Bradley and Harold Blodgett (New York: Norton, 1973).

Shelley, P. B. *Shelley's Poetry and Prose*, ed. by Donald H. Reiman and Neil Fraistat (New York: Norton, 2002).

Tennyson, Alfred. *Tennyson: A Selected Edition*, ed. by Christopher Ricks (Berkeley, CA: U of California P, 1989).

Wordsworth, William. *The Poetical Works of William Wordsworth*, ed. by Ernest de Selincourt and Helen Darbishire, 5 vols (Oxford: Clarendon P, 1940–49).

その他の引用元は以下の通り。

Bate, Jonathan. *Romantic Ecology: Wordsworth and the Environmental Tradition* (London: Routledge, 1991).

Colley, Ann C. *Tennyson and Madness* (Athens, GA: U of Georgia P, 1983).

Hartzell, Hal, Jr. *The Yew Tree: A Thousand Whispers* (Eugene, OR: Hulogosi, 1991).

Helms, Alan. 'Whitman's Live Oak with Moss', in *The Continuing Presence of Walt Whitman: The Life after the Life*, ed. by Robert K. Martin (Iowa City: U of Iowa P, 1992), 185–205.

Lentricchia, Frank. *Ariel and the Police: Michel Foucault, William James, Wallace Stevens* (Madison, WI: U of Wisconsin P, 1988).

Mitchell, W. J. Thomas. *Picture Theory: Essays on Verbal and Visual Representation* (Chicago: U of Chicago P, 1994).

9

註

1 '〔...〕 that each of them is limited by time, and that as time is infinitely divisible, each of them is infinitely divisible also; all that is actual in it being a single moment, gone while we try to apprehend it, of which it may ever be more truly said that it has ceased to be than that it is' (一八八)

2 'To such a tremulous wisp constantly re-forming itself on the stream, to a single sharp impression, with a sense in it, a

relic more or less fleeting, of such moments gone by, what is real in our life fines itself down.'（一八八）

3　なぜ、none が few よりも先に来るのか。ケリガンはこの yellow leaves, or none, or few という部分の順番について次のように説明する。'Shakespeare's point is that, where *leaves* are concerned, *few* is worse tham *none* (just as *twilight* exceeds *night* in pathos, and glowing *fire, ashes*), because a fading thing sadly shows what it was.'（二六五）。木の葉の場合、完全に散ってしまった場合よりも、多少なりとも葉が残っている状態の方が哀愁が漂うというのである。だから or few, or none という順番ではなく、or none, or few となったという説明である。

4　時計の使用は十五世紀あたりから、一般への普及は十六世紀、そして十七世紀になって分や秒という概念が広まる。シェイクスピアの時代とは、時計の普及によって時間が計量可能なものとなるとともに、その定速度で残酷な進行が死を暗示するようになった時代でもあった。ケリガン（三四-三五）にこのあたりの歴史的事情についての説明がある

文献

*シェイクスピアとダンの作品からの引用はそれぞれ Kerrigan と Carey による。

Carey, John (ed.). *John Donne* (Oxford: Oxford U P, 1990).

Colie, Rosalie. *Shakespeare's Living Art* (Princeton: Princeton U P, 1974).

Cousin, A.D. *Shakespeare's Sonnets and Narrative Poems* (London: Longman, 2000).

Kerrigan, John (ed.). *William Shakespeare: The Sonnets and A Lover's Complaint* (Harmondsworth: Penguin, 1986).

Martz, Louis. *The Poetry of Meditation: A Study in English Religious Literature of the Seventeenth Century* (New Haven: Yale U P, 1954).

Pater, Walter. *Appreciations, with an Essay on Style* (London: Macmillan, 1910).

——. *The Renaissance: Studies in Art and Poetry: The 1893 Text,* ed. by Donald L. Hill (Berkeley: U of California P, 1980).

Strand, Mark and Evan Boland (eds.) *The Making of a Poem: A Norton Anthology of Poetic Forms* (New York: Norton, 2000).

Vendler, Helen. *The Art of Shakespeare's Sonnets* (Cambridge, MA: Belknap, 1997).

Williams, Carolyn. *Transfigured World: Walter Pater's Aesthetic Historicism* (Ithaca, NY: Cornell UP, 1989).

おわりに

文献

Newton, Stephen James. *Painting, Psychoanalysis, and Spirituality* (Cambridge: Cambridge UP, 2001).
酒井青樹・峰岸純子『スロースポーツに夢中!』(岩波書店　二〇〇四)
ジラール、ルネ『欲望の現象学——文学の虚偽と真実』古田幸男訳（法政大学出版局　一九七一）
筑紫哲也『スローライフ』(岩波書店　二〇〇六)
港千尋『映像論』(日本放送協会出版　一九九八)

図版一覧

図 1、図 2（p. 21、22）

（エティエンヌ=ジュール・マレーの連続写真）
Musée centennal de la classe 12 (photographie)/à l'Exposition universelle international de 1900, à Paris/mĕtrophotographie & chronophotograpie (Saint-Cloud: Imprimerie Belin frères, ca. 1900)（東京大学総合図書館蔵）

図 3（p. 32）

江夏豊 日本シリーズで近鉄を破り優勝で喜ぶ（1979. 11. 4）産経新聞社提供

図 4（p. 54）

Patrick Heron, 'One Form: September 1959'
© DACS, London & APG-Japan/JAA, Tokyo, 2008

図 5、図 6、図 7（p. 60、61）

Rudolf Arnheim: *Art and Visual Perception*—A Psychology of the Creative Eye

図 8（p. 71）

©手塚治虫漫画全集 281『新宝島』（p. 12、13）講談社、1984

図 9（p. 76、77）

©つげ義春『無能の人』（p. 34～35）日本文芸社、平成 3 年

図 10（p. 81）

伊藤剛『テヅカ　イズ　デッド』（p. 203）（NTT 出版、2005）（手塚治虫『冒険狂時代』〈手塚治虫漫画全集 40、講談社、1978〉）

図 11（p. 84、85）

©岡崎京子『リバーズ・エッジ』（p. 56、57）宝島社、1994

図 12（p. 86、87）

©ちばあきお『キャプテン』（第一巻）集英社文庫コミック版、1974

あとがき

二〇〇五年の秋から半年間ほど筆者は、雑誌「英語青年」に「英詩のスローモーション」と題した連載を行った（十月〜三月号）。これは「スローモーション」を切り口に、パウンド、ミルトン、ワーズワス、シェイクスピアといった詩人の比較的短い作品を順番にとりあげ、それぞれに潜む「ゆっくり」の分析を試みるという企画だった。今回、この連載を基点にしてダンス、絵画、漫画、野球といった方向にスローモーションの議論をふくらませ、一冊の本としてまとめることができた。

「ゆっくり」に限らず、文学作品のスピードという問題はおもしろい。筆者はかねがねこの問題に興味を持ち、とくに「江夏の21球」については、活字版、映像版ともに何度か大学の授業でもとりあげて、詩や小説のテクストを読む際に参考にしてきた。二〇〇七年には中京大学の紀要「八事」（二三号）に寄稿する機会があり、この話題を「スローモーション考」という論考の形にした。本書冒頭の章の元になっているのは、この論考である。

当時「英語青年」の編集長をしておられた津田正さんと、中京大学の板倉厳一郎さんにはあらためて御礼を申し上げたい。

第2章、第3章は書き下ろしである。また英詩をあつかった第二部の第4章から第9章も、雑誌連載時のものに大幅な加筆修正を施している。詩作品等の引用については、適宜、数多くある既訳を参考にしつつ、私訳を付した。ご批判いただければ幸いである。

「英語青年」の連載を読んでくださり、これを元に「スローモーション」の本を書かないかと誘ってくださったのは、南雲堂の原信雄さんである。原さんのさりげない、しかし実に当を得た数々の指摘・提案なしには本書はできなかったと思う。ありがとうございます。

二〇〇八年五月

索　引

アールヌーボー art nouveau　13
哀歌（エレジー）　16, 145, 149
『曖昧の七つの型』*Seven Types of Ambiguity*〔エンプソン〕　226
『秋に寄せるオード』'To Autumn'〔キーツ〕　228
アルンハイム、ルドルフ Rudolf Arnheim　60
『荒地』*The Waste Land*〔エリオット〕　114
粟津則雄　134
イエイツ、W. B.　W. B. Yeats　121, 123, 135-43
　「再臨」'The Second Coming'　135-43
池田光男　64
石井達郎　95, 103
石上三登志　80, 82
石渡茂　34-36, 43-44, 46
イチイ yew-tree　206-13
「イチイの木」'Yew Trees'〔ワーズワス〕　210, 213
『イッツ・オンリー・トーク』〔絲山秋子〕　41
伊藤剛　73, 79-80
絲山秋子　37, 41, 43
　『イッツ・オンリー・トーク』　41
　『袋小路の男』　37, 40-41
今井雄太郎　33
イマジズム Imagism　132
印象主義　232
ウィリアムズ、キャロライン Carolyn Williams　232
ヴェンドラー、ヘレン Helen Vendler　245
ウォートン、イーディス Edith Wharton　127
『映像論』〔港千尋〕　24
エヴェレスト K.　K. Everest　201
「江夏の 21 球」〔山際淳司〕　28, 30-31, 34, 43-47, 234
江夏豊　34-36, 43-45
エマソン、ピーター・H.　Peter H. Emerson　25
エリオット、T. S.　T. S. Eliot　114, 228
　『荒地』*The Waste Land*　114
エンプソン、ウィリアム William Empson　226-28
　『曖昧の七つの型』*Seven Types of Ambiguity*　226
「オード：幼児期の回想から不死について啓示されること」'Ode: Intimations of Immortality from Recollections of Early Childhood'〔ワーズワス〕　174-79
大岡信　133
岡崎京子　83
　『リバーズ・エッジ』　83
オジマンディアス Ozymandias　199-200
「オジマンディアス」'Ozymandias'〔シェリー〕　196-201
小津安二郎　269
小原由紀　97, 100, 104

絵画詩 ekphrasis　197
「かいなき涙」'Tears, Idle Tears'〔テニスン〕　228
「蛙の死」〔萩原朔太郎〕　129-35
カズン A. D. Cousin　237
金田正一　43-44
『仮面の告白』〔三島由紀夫〕　147
「ガラスノ牙」〔勅使川原三郎〕　111-

12, 114-15
『ガリバー旅行記』*Gulliver's Travels*〔スウィフト〕 30
「ギャロップする馬」〔マイブリッジ〕 21
キーツ、ジョン John Keats 197, 221
「秋に寄せるオード」'To Autumn' 228
「ギリシャ壺によせるオード」'Ode on a Grecian Urn' 197, 221
キートン、バスター Buster Keaton 67
キュービズム cubism 13
『ギリシャ壺によせるオード』'Ode on a Grecian Urn'〔キーツ〕 197, 221
キリスト Christ 139
「空間に恋して」〔田中泯〕 116
『愚人列伝』*The Dunciad*（ポープ） 228
「群集の人」'The Man of the Crowd'〔ポウ〕 126
国吉和子 94
クライン、フランツ Franz Klein 59
グレイ、トマス Thomas Gray 197
クレイン、ハート Hart Crane 127
クロノフォトグラフィ chronophotography 20, 24, 67
桑田真澄 19
『行人』〔夏目漱石〕 55
『荒涼館』*Bleak House*〔ディケンズ〕 122
コールリッジ S.T. S. T. Coleridge 148, 169-70
「失意のオード」'Dejection: An Ode' 148
後藤広喜 74
「コマ割り」 73-75, 78, 90
コンテンポラリーダンス 95, 108-9, 112

「再臨」'The Second Coming'〔イエイツ〕 135-43
酒井青樹・峰岸純子 266
『スロースポーツに夢中！』 266
「桜の森の満開の下」〔正朔〕 109
佐藤麻耶 97
「サンザシ」'The Thorn'〔ワーズワス〕 218-19
シーレ、エゴン Egon Schele 105
シェイクスピア、ウィリアム William Shakespeare 162, 226, 235-50, 255, 257
『ソネット集』*Sonnets* 235-50, 255, 257
一番 235-45
十八番 163, 255
七十三番 245-50, 255, 257
ジェイムズ、ヘンリー Henry James 127
シェリー、P.B. P. B. Shelley 196-202
「オジマンディアス」'Ozymandias' 196-201
重松清 31
「失意のオード」'Dejection: An Ode'〔コールリッジ〕 148
『失楽園』*Paradise Lost*〔ミルトン〕 228
ジャクソン、スチュワート Stewart Jackson 102-3
『少年ジャンプ』 74
『初期イングランドにおけるメランコリーの詩学』*The Poetics of Melancholy in Early Modern England*〔トレヴァー〕 192
ジュール、P.D. P. D. Juhl 196-97
「死よ、驕るな」〔ダン〕 245-46, 250-59
『序曲』*The Prelude*〔ワーズワス〕 181
ジョルジョーネ Giorgione 229-30
「ジョルジョーネ(Giorgione)派」 228-29
ジョンソン、サミュエル Samuel John-

son　149
「ミルトンの生涯」'Life of Milton'　149
ジラール、ルネ René Girard　268
『新宝島』〔手塚治虫〕　71
神智学 theosophy　63
神智主義 theosophy　12
「スーパーマンIII電子の要塞」〔レスター〕　66
スカリー、ショーン Sean Scully　55
スティーヴンズ、ウォレス Wallace Stevens　203-24
「瓶の逸話」'Anecdote of the Jar'　203-24
ストランド＆ボーランド Mark Strand and Evan Boland　237
ストリンドベリ、アウグスト Strindberg, August　24-25
スピード線　79
『スロースポーツに夢中！』〔酒井青樹・峰岸純子〕　266
スローフード slow food　13
『スローライフ』〔筑紫哲也〕　267
正朔　108-10
セレストグラフィー celestography　25
セントアイブズ St. Ives　54
「ぞくぞくするところ――交差する現代批評」'On Edge: The Crossways of Contemporary Criticism'〔ミラー〕　188

高橋一三　33
竹内一郎　71
竹内オサム　75, 79
竹内登志子　108-9
田中泯　98, 116
種村季弘　105-7
ダン、ジョン John Donne　192, 226, 245, 250-59
「死よ、驕るな」　245-46, 250-59
『談』〔雑誌〕　97
ダンス白洲　108
「地下鉄の駅で」'In a Station of the Metro'〔パウンド〕　124-29
『追憶』*In Memoriam*〔テニスン〕　207-8
筑紫哲也　267, 268
『スローライフ』　267
チャップリン、チャーリー Charles Chaplin　67
抽象表現派　114
津田信敏　93
ディーン、シェイマス Seamus Deane　140
デイヴィーズ、ヒュー・サイクス Hugh Sykes Davies　172
ディケンズ、チャールズ Charles Dickens　122
『荒涼館』*Bleak House*　122
勅使河原三郎　19, 101-3, 111-18
「Luminous」　102, 111
手塚治虫　71-72, 80, 82, 89
テニスン、アルフレッド Alfred Tennyson　206-10, 213, 228
「かいなき涙」'Tears, Idle Tears'　228
『追憶 *In Memoriam*　207-10
デュシャン Marcel Duchamp　221
「ドーヴァー海岸」'Dover Beach'〔アーノルド〕　228
「読者の中の文学―情緒の文体論」'Literature in the Reader: Affective Stylistics'〔フィッシュ〕　190
トレヴァー、ダグラス Douglass Trevor　192-93
『初期イングランドにおけるメランコリーの詩学』*The Poetics of Melancholy in Early Modern England*　192
頓呼法 apostrophe　240

中島徳博　74
夏目漱石　55
『行人』　55

夏目房之介　83, 90
「ナンバー」〔雑誌〕 30
ニュートン、スティーヴン・ジェイムズ Stephen James Newton　264
「眠りが私の心を封じた」'A Slumber Did My Spirit Seal'〔ワーズワス〕 165-202
念写　25
「のらくろ」〔田河水泡〕 75

バーカー、ロバート Robert Barker 269
バートン、ロバート Robert Burton 193-94
『メランコリーの構造』*Anatomy of Melancholy*　194
「パールハーバー」 50
パウンド、エズラ Ezra Pound 123-29, 132-33, 161
「地下鉄の駅で」'In a Station of the Metro'　124-29
萩原朔太郎　123, 129-35
「蛙の死」 129-35
ハラム、アーサー Arthur Hallam 208-9
ビート派　12
東尾修　33
土方巽　99-100, 104-6
ヒステリー　114-15
羊屋白玉　101
「瓶の逸話」'Anecdote of the Jar'〔スティーヴンズ〕 203-24
ファーストモーション　49, 79
フィッシュ、スタンリー Stanley Fish 191
「読者の中の文学―情緒の文体論」'Literature in the Reader: Affective Stylistics'　190
「リシダス論」'*Lycidas*: A Poem Finally Anonymous'　149
プール、トマス Thomas Pool　169
フェナキスティスコープ　51
フォーサイス William Forsyth 95, 103
「袋小路の男」〔絲山秋子〕 37, 40-41
藤瀬史郎　36, 43
布施秀利　74
ブラキシノスコープ　51, 65
フリードマン、ドナルド M. Donald M. Friedman　157
ブルックス、クリアンス Cleanth Brooks　188
フロイト、ジグムント Sigmund Freud　106, 268
プロセシズム　66, 75
ペイター、ウォルター Walter Pater 226-35, 245
『ルネッサンス』*The Renaissance*　226-32
ベイト、ジョナサン Jonathan Bate 217
『ロマン主義のエコロジー』*Romantic Ecology*　217
ベイトソン、F.W.　F. W. Bateson 188
ベーコン、フランシス Francis Bacon 105
ヘルムズ、アラン Alan Helms　216
ペトラルカ、フランチェスコ Francesco Petrarca　142
ヘロン、パトリック Patrick Heron 53-55, 62
ホイットマン、ウォルト Walt Whitman　127, 215-17, 220-21
「私はルイジアナで樫の生い茂るのを見た」'I Saw in Louisiana a Live-oak Growing'　215-17, 220-21
ポイボス Phoebus　156, 158
ポウ、E.A.　E. A. Poe　126
「群集の人」'The Man of the Crowd'　126
ボードレール、シャルル Charles Baudelaire　127
「墓碑銘について」'Upon Epitaph'〔ワーズワス〕 196

ポロック、ジャクソン Jackson Pollock 59

『マイケル・ロバーツと踊り子たち』 *Michael Robartes and the Dancer*〔イエイツ〕 138
マイブリッジ、エドワード Eadweard Muybridge 21, 24, 67
「ギャロップする馬」 21
松浦寿輝 23
松田行正 66-68
『マトリックス』〔映画〕 49
マラルメ、ステファン Stephane Mallarme 127
マリネッティ、フィリッポ・トマソ Marinetti, Fillippo Tommaso 12
マレー、エティエンヌ=ジュール Etienne-Jules Marey 21-26, 45, 232, 271
三浦雅士 94
ミッチェル、W. J. T. W. J. T. Mitchell 221
港千尋 24, 26, 269
『映像論』 24
ミラー、J. ヒリス J. Hillis Miller 188
「ぞくぞくするところ――交差する現代批評」'On Edge: The Crossways of Contemporary Criticism 188
ミラー、ヘンリー Henry Miller 127
未来派 12, 22
ミルトン、ジョン John Milton 145-63, 193
『失楽園』*Paradise Lost* 228
『リシダス』*Lycidas* 145-63, 173, 181, 193, 202
「ミルトンの生涯」'Life of Milton'〔ジョンソン〕 149
武藤脩二 127-28
ムンク、エドゥアルド Munch, Edvard 26
メイソン、マイケル Michael Mason 179-80
『メゾン・ド・ヒミコ』〔映画〕 270
『眼の冒険――デザインの道具箱』〔松田行正〕 66, 68
メランコリー melancholy 115
『メランコリーの構造』*Anatomy of Melancholy*〔バートン〕 194
モーセ Moses 199
モダニズム 116
モダンダンス 93-94, 105, 114

山際淳司 30, 33, 35, 43-47
『江夏の21球』 28, 30-31, 34, 43-47, 234
山田せつ子 93
『ユリシーズ』*Ulysses*〔ジョイス〕 30
ユング、C. G. C. G. Jung 128
四方田犬彦 72, 79, 89

ラムセス二世 199
ラナム、リチャード A. Richard A. Lanham 234
ランサム、ジョン・クロウ John Crowe Ransom 149, 157
リシダス Lycidas 153-61, 181
『リシダス』*Lycidas*〔ミルトン〕 149-61, 173, 181, 193, 202
「リシダス論」'*Lycidas*: A Poem Finally Anonymous'〔フィッシュ〕 149
『リバーズ・エッジ』〔岡崎京子〕 83
ルーシー Lucy 165, 173, 181, 188, 195
「ルーシー詩篇」〔ワーズワス〕 165
『ルネッサンス』*The Renaissance*〔ペイター〕 227, 232
レスター、リチャード Richard Lester 66
レントリッキア、フランク Frank Lentricchia 222
ロスコ、マーク Mark Rothko 55
ロマン主義 218
『ロマン主義のエコロジー』*Romantic*

Ecology〔ベイツ〕 217
ロマン派　121, 197, 218, 245

ワーズワス、ウィリアム William Wordsworth　165-202, 206, 210, 213, 217-18, 235, 242, 272
「イチイの木」'Yew Trees'　210, 213
「オード：幼児期の回想から不死について啓示されること」'Ode: Intimations of Immortality from Recollections of Early Childhood'　174-79
「サンザシ」'The Thorn'　218-20
『序曲』*The Prelude*　181-85
「眠りが私の心を封じた」'A Slumber Did My Spirit Seal'　165-202
「墓碑銘について」'Upon Epitaph'　196
「ルーシー詩篇」Lucy Poems　165
「私はルイジアナで樫の生い茂るのを見た」'I Saw in Louisiana a Live-oak Growing'〔ホイットマン〕　215-17, 220-21

著者について

阿部公彦（あべ　まさひこ）

一九六六年、横浜市生まれ。東京大学大学院修士課程修了、ケンブリッジ大学大学院博士号取得。東京大学文学部准教授。現代英米詩専攻。

著書に『英詩のわかり方』（研究社）『モダンの近似値――スティーヴンズ・大江・アヴァンギャルド』、『即興文学のつくり方』（松柏社）、共著に『食餌の技法』（慶應義塾大学出版会）、『21世紀文学の創造　声と身体の場所』（岩波書店）、『20世紀英語文学辞典』（研究社）、編訳に『しみじみ読むイギリス・アイルランド文学』（松柏社）など。

スローモーション考　残像に秘められた文化

二〇〇八年十月三十日　第一刷発行

著　者　阿部公彦
発行者　南雲一範
装幀者　岡孝治
発行所　株式会社南雲堂
東京都新宿区山吹町三六一　郵便番号一六二-〇八〇一
電話　東京（〇三）三二六八-二三八四
振替口座　東京〇〇一六〇-〇四六八六三
ファクシミリ　（〇三）三二六〇-五四二五
印刷所　壮光舎
製本所　長山製本

乱丁・乱丁本は、小社通販係宛御送付下さい。
送料小社負担にて御取替えいたします。

〈I-475〉〈検印廃止〉

ISBN978-4-523-26475-0　C 0095

シェイクスピアのソネット集　吉田秀生訳

400年後のいまも、燦然と輝く世界最高とうたわれる恋愛詩。

2100円

キーツのオードの世界　藤田真治

キーツの詩業の中で至高の作品と言われる五つのオードを通して、詩人の詩魂の展開を探る。

2620円

フォーク・ソングのアメリカ　ゆで玉子を産むニワトリ　ウェルズ恵子

ナンセンスとユーモア、愛と残酷。アメリカ大衆社会の欲望や感傷が見えてくる。

2940円

＊定価は税込価格です。